残雪散文精选

残雪 著

长江出版传媒　长江文艺出版社

目　录

冰天雪地 ··· 1

隔壁小男孩 ··· 4

瓜棚后面的身影 ······································ 7

光感 ·· 10

蝴蝶 ·· 13

虎 ·· 16

轮渡 ·· 19

我和我的病 ··· 22

雨中阅读 ·· 25

在书院大厅里 ·· 28

走夜路 ··· 31

玻璃坛子里的黄姜 ···································· 34

丢脸 …………………………………… 37

"鬼" …………………………………… 40

好妈妈 ………………………………… 43

街景（一）…………………………… 46

街景（二）…………………………… 49

街景（三）…………………………… 52

街景（四）…………………………… 55

街景（五）…………………………… 58

街景（六）…………………………… 61

敬礼 …………………………………… 64

玲姐姐 ………………………………… 67

卖废报纸 ……………………………… 70

一种特殊的表演 ……………………… 72

先王幽灵之谜

————《哈姆雷特》分析之一 …… 80

险恶的新生之路

————《哈姆雷特》分析之二 …… 91

爱情与死亡

————读《罗密欧与朱丽叶》……… 104

迷人的野性与苍白的文明

————读《安东尼与克莉奥佩特拉》……… 111

2

黑暗的爱

    ——读《城堡》之三 ················ 122

城堡的意志

    ——读《城堡》之六 ················ 135

城堡的起源 ···························· 148

探索肉体和灵魂的文学 ················ 159

自由之旅

    ——张小波的《法院》体现的新型救赎观

················ 190

什么是"新实验"文学 ················ 220

冰天雪地

冰冻期延续了十天了，大地白茫茫，硬邦邦的，冷风吹在脸上像刀割，我戴着自己缝的棉手套，缩着头往学校赶，我的双脚冻木了，只有冻疮还可以感觉得到。糟糕，居然又飘雪了，很大的雪，非把我的衣服弄湿不可。我躲到那一家的屋檐下。我一边跺脚一边盼望弟弟们经过，他们一定带着伞。

那个小孩同我差不多大，他正在房里糊纸盒。房里很暗，没有炉火，木板壁四处透风。他跪在地上，摆弄着糨糊刷子，他的手上有紫红色的冻疮。他的鼻涕流下来，眼看要掉到衣服上面，他用力一吸又吸回去了。隔一会儿那鼻涕又往下掉。他的爹爹，那个瘫痪的老头子在后面房里同他说话，他"哦哦"地答应着。他没去上学，这个小孩。这样严寒的天气，我多么想对他说一句："冷啊。"可是我不认识他。不，我是认识他的，因为天天经过他家，我只是从未对他说过话。我不好意思对他说话。

他又弄了一钵糨糊过来，开始刷了。他的动作沉着而老到。难道他就不冷？街上的孩子，他们抗寒的能力是多么强啊。当然，还有抗疼痛的能力。我觉得他们可以将疼痛完全忘记。我继续跺脚，脚仍然是麻木的。到处是硬邦邦的，雪花也不能使大地软化。那两只麻雀在屋檐那里等待，它们快要饿死了，觅食的机会微乎其微。

我顺着屋檐钻到杂货店的雨篷下面。有两个人在店里买炭盆，他们将陶制的小小炭盆举到亮处去察看，他们聚精会神于他们的工作。啊，炭盆！我们家里是没有炭的，只有一点点炭末，是用来引火的。他们买走了炭盆，一人一只。到夜里他们家里会燃起美丽的炭火。杂货店的店主在后面的黑暗中对他那个亲戚说："那种地方哪里用得着炭盆呢？他真该多想一想啊。"我听到这句话时心里一怔，原来还有用不着炭盆的地方啊，那是什么地方？！在我看来，只要弄得到炭，哪里都可以使用炭盆嘛。冷风从头顶的瓦缝里灌进来，我将身上的棉袄裹紧了一下。

我的弟弟们过来了，我跑出去，钻到他们的伞下——那种很大的老式油布伞。我离开杂货店的时候，听见店主的亲戚在说："冰岛。"我们三个人共一把伞走在冰天雪地里，有时风将我们的伞吹得倒向一边，我们合力将它扶正。我想，我们这里不就是"冰岛"吗？这么硬的地，严寒，无处可躲。还有脚上的冻疮，碰一下就钻心痛。"冷啊。"我终于说出口了，可是两个弟弟都没有反应。大约他们知道独自忍受是不可改变的命运。

夜里，我将被子裹紧，将冻伤的脚小心地搁在被头上。我入睡前向对面床上的弟弟谈起了糊纸盒的那一家人。弟弟说那个小男孩用冰水洗脚。"冰水洗了脚之后，待在屋里就很暖和了。"他说。看来我的判断都错了。他虽然流着鼻涕，但并不像我感到的那么寒冷。也许明天，我应该将冻伤的脚放进冰水中长久浸泡？我想着这件事，拿不定主意。如果我像荒原上的狼一样完全不怕冷了，也就用不着炭盆了。我们家有一个旧炭盆，我依稀记得在我婴儿时代从那黄色的陶盆里蹿出的火焰。我们将糯米糍粑放到炭火上去烤，烤得香气四溢。在梦里，我轻轻地对人说："给我一个炭盆吧。"

早晨，雪停了，但寒冷并没有丝毫减轻。我的脚踩在冰上，想象自己是生活在极地。我这样一想象，心中的焦虑就减轻了一些。那么，用冰水泡脚的方案是否可行？我心底明白我是不可能实行那个方案的，那会使我患上肺炎。于是，我再见到糊纸盒的小男孩时心里就充满了羡慕——原来他心里有团火！

隔壁小男孩

我们隔壁是两夫妇带着一个小男孩住在那里。据说，小男孩不是那对夫妇生的。由于那男孩长得特别瘦小，又黑，我只要一见到他心里就会生出奇怪的感觉。

有一天，弟弟很神秘地来报告我说："他偷米缸里的米吃了。"他说的是那男孩。弟弟的这句话令我遐想联翩。那是成日里饿肚子的时代，可是谁也不会去吃生米啊。我设身处地想了一想，觉得吃生米就像是吃木头一样不可思议，我觉得天天看见的这个小孩已经成了怪物。我甚至觉得他有点像一条蜥蜴。

然而当他走到我们面前来的时候，我却对他抱有温情。我们都站在走廊上玩，一根棕绳子上晒着很多咸菜。我们玩一玩，又趁着大人们没注意从绳子上扯一根咸菜下来放进口里嚼着。做这件事的时候，我一直惦念着小男孩，我认定他饿得慌。但他为什么不像我和弟弟们一样偷咸菜吃呢？我扯下一条很长的，往他怀里塞，要他吃。可是他一直往后退，不领我的情。"我不吃这个东西！！"他突然大声说。啊，原来他并不像我设想的那么饿，我完全想错了。他当然不可能像我们那么饿，他家只有三口人，两个有工作，而我们家八口人，完全没有正常收入。但那个时候我是不懂的，我仍然认为小男孩过着一种阴暗的、可怜的生活，要不他为什么吃生米呢？而且他又没有爸爸妈妈。唉！

细细一回想，我们在那个时候真的一点都不觉得自己可怜。小孩子有小孩子的事，我和弟弟们成天都很忙，我们常常很快乐。隔壁的这一个，我们都觉得他很可怜，没有人和他玩，他因为饿肚子才长得那么又小又黑。一定是！我们也饿，野草粑粑又苦又撕不动，可是我们并不时刻感到这一点，因为好玩的事太多了。水沟里啊，山上啊，我们到处乱跑。

瞧，他又一个人站在门口，他从来不敢走远。我发愁地想，他怎么长得大呢？他今天挨了打吗？按照我的逻辑，没有爸爸妈妈就一定要挨打。但我们又并未亲眼见过他被打，所以这个问题也变得讳莫如深起来。我很想问他今天吃了些什么，从他口里套出点信息来，然后据此去设想他的生活。但他是很警惕的，他站得离我远一点，绝不愿意同我谈论这类事。我呢，因为从来没有进过他家的房门，所以也无从设想他的生活究竟是什么样的。只要我一见到他，我就深感他的饥饿。虽然事实上，他一定比我们有东西吃，吃得好。他的饥饿不是单纯属于肠胃的吧。他很懦弱！

我们姊妹都是很阳光的，虽然害怕生人，但我们在自己家是玩得很开心的。我从未见过这种像蜥蜴一般的小男孩，所以印象特别深。然而时光流逝，虽然住在隔壁，我始终没有弄清关于他的一丁点儿事情。他成了我生活中最早的谜之一，他像一个式样怪怪的符号，在我混沌的脑海里标志着一个陌生而无法进入的领地。

直到今天，我也无法解释那孩子偷吃生米的故事。那也许是某种生理上的变异而导致的癖好，因为显然，并没有发生虐待的事。据我弟弟们描绘，他当时的确是满嘴生米，吃得"吱吱嘎嘎"地响！而且他额头上面有皱纹，完全不像我们这样嫩头嫩脑的。

瓜棚后面的身影

　　我们院子里住的大都是"有问题"和"出身不好"的人家。为了多少对自己的生活环境有些改善，大家都开始在自己的窗前栽种起瓜果来。瓜有两种，一种是葫芦瓜，一种是金瓜。都是十分美丽的观赏植物。大棚都是我们的父亲搭起来的。

　　藤儿很快就爬上了瓜棚。开花的时候，引来了蜜蜂，也引来了蝴蝶，甚至还引来了玉绿色的小螳螂。放学回来，我总是久久地在瓜棚下观看，想象棚里结满瓜儿的幸福情景。我不但看自家的棚，还要看邻家的棚。当我站在邻家瓜棚下时，就可以听到窗口传出来的含糊的说话的声音。那些房里的人在谈论什么呢？声音"嗡嗡嗡嗡"地响，激起我无比的好奇心。茂盛的绿叶遮住了说话人的脸。

　　我看着那几只螳螂一天天长大起来，有时，小家伙们竟爬到我的窗台上，无所畏惧地停留在那里。中午时分，我坐在窗台上，看那些蜜蜂绕着小白花和小黄花飞来飞去的。很快，小白花和小黄花的下面就膨起了幼嫩的果实，我的期待越来越强烈。在这个绿莹莹的小世界里头，唯一想做的事不就是期待吗？

那时外面的武斗越来越厉害了。父母在屋里谈话，说起隔壁邻家来了一个人，是劳改犯，现在跑出来了，就住在那一家，还有一位漂亮的女教师喜欢他。这件事给我一种特别奇异的印象。夜里熄了灯之后，我还在想象那一对情侣的样子。我见过那劳改犯，长得高大英俊，年纪也不老。隔壁栽的是金瓜，美极了的金红色，上面有竖纹。

放学了，我又到那几个瓜棚下去遛遛。我最后来到隔壁邻居的瓜棚下，摸摸那些宝石一般的小金瓜，心里便升腾起迷惑——这些异物似的小东西，真是长出来的？啊！！我听到房里响起了男中音的说话声，还有高大的身影晃过。我站在金瓜绿叶下面，没来由地激动着。我不明白，犯人怎么会同美联系在一起的。中午时我见过女教师了，有着动人的黑色眸子和茂盛的黑发。我觉得那男子的声音特别好听，但因为他压低了嗓门，我就听不清他说些什么。我在金瓜棚下站了好久才回家。那天夜里，我再次编织了关于那一对情侣的故事。我设想他俩坐在一列火车上飞奔！

那是一个充满了激情的夏天，我沉浸在美丽的瓜棚和美丽的情侣的冥想之中，几乎每天都有意外的收获，十三岁的我就像是自己在恋爱。

葫芦瓜和金瓜终于熟透了，叶子开始发黄。父母在家中说话的声音越来越低沉。中午吃饭的时候，他们谈到那个劳改犯被枪毙了，因为他本来就是重罪，又跑出来这么久，罪上加罪。女教师则被赶到了她的老家乡下。

葫芦瓜和金瓜收获完毕时，父亲和隔壁家的父母都被抓走了。大家都没有心思去拆那些瓜棚，就让那些枯干的叶子飘零着，那烂糟糟的景象令人心寒。

多少年之后，瓜棚里的绿色王国，情侣的身影，枪决犯人的刑场等画面全都混到了一起，再也无法区分。那么写作，是出于区分的初衷？

光　感

　　说不清我是从什么时候开始获得那种清晰强烈的光感的。

　　我最早崇拜的人物是刘胡兰。我从课堂上知道她是一个小姑娘，但居然不怕死，一身铮铮铁骨。我反复地设身处地——如果是我的话，当脖子放在铡刀下面时，我会怎样呢？想了又想，还是觉得自己肯定做不到像她那么勇敢。那可是实实在在的脑袋落地啊！虽然我扪心自问，深感自己做不到让自己的肉体虚无化，但那种崇高的意境令我久久地沉醉。我爱这种敢于牺牲自己的人，不论是刘胡兰，还是《红岩》里面的江姐。我感到在英雄的末日境界里，有一束光芒在照耀。

　　稍大一点，我便深深地为安娜·卡列尼娜的死亡境界所吸引了。那样一种黑沉沉的、绝望的死，似乎扑灭了一切想象。然而并不是这样，我之所以愿意让自己停留在那个境界里，一轮又一轮地体验，扮演，不是因为黑暗，而是因为光。那种迷人的、能穿透五脏的光。一口气读完死亡的描述之后，又翻到前面去读她的日常生活，读她同儿子那令人心碎的会面，读她同情人的初次邂逅……在阅读之际，光芒始终照射着大脑里幽暗的深处，调动起体内的能量，使我能运用自身的经验重新构思美的世界。

再后来，很久很久之后，吸引着我的便是艺术家的死亡境界了。我终于明白了，我不是世俗中的英雄，我非常害怕肉体上的伤害。如果有那种事发生，我说不定会是一个懦夫。但我又太爱人的牺牲的姿态，太爱那种境界里的永恒之光，似乎我活着的宗旨就在那里头。那么，能够实现我的这种爱的，只能是模拟那种境界的实验了。这种实验可以令奇迹出现，而在奇迹中，灵光照亮幽暗的心田。

对于光的感觉和向往，似乎是从我很小的时候（大约三岁）就开始了。谁说幼儿只是自私的呢？一切都是很难界定的，所谓天性，难道不是从一开始就包含了光感吗？和煦的阳光照在窗外的杨树叶子上，幼小灵魂与肉身的分野在悄悄地进行。我幸运地在一个充满镜像的世界里成长起来，我周围有那么多的镜子在暗示引导着我，所以辨认就自然而然地开始了。整个的过程就如一场趋光的运动。现在回忆起来，儿童时代竟有过那么多的美丽的瞬间！从幼儿时期对家人的依恋，到少年时期产生出保护父亲的豪气，这段过程里镜子的作用是关键的。我的父亲是一名真正的孤胆英雄，我做不到像父亲那样，但我将他传给我的内在气质转化成了搞文学的天赋。我通过文学创作的演习，一次次重现了父辈追求过的永恒之光。

文学的创造过程就是一场趋光运动，我不过是延续了幼儿时期的本能。也就是说，趋光，是人类的本性，人对于理想的追求是最符合人的本性的。自私自利与自我牺牲这个人性矛盾的两面，将在历史的长河中永远对峙下去，只因为人懂得从镜像中认识自己。

蝴　蝶

　　我最害怕的动物里面，除了毒蛇，就是那些丑陋的毛虫了。夏天上山拾柴时，毛虫掉到过赤裸的胳膊上和颈窝里。那可是不大不小的灾难，红肿刺痛要延续好几天。我观察过一种体形很大的棕色毛虫，身上有蓝色花斑，有毒的毛刺密密麻麻。联想起被这类毛虫蜇过的疼痛，越观察越毛骨悚然。

　　有时候，无意中看见被咬得残缺的树叶，我随手将树叶翻过来，啊，两条恶心的家伙聚在一块，太可怕了！在我的印象里，毛虫是既无赖又阴毒的寄生虫，应该彻底消灭。然而不久就迎来了蝴蝶的季节。在小河边，在灌木丛中，甚至在阴湿的沟壑里，飘飘而来的仙子们在展示世纪的奇观。又有谁会不为他们的美所打动？

　　蝴蝶由毛虫变来这件事是外婆告诉我的。"翅膀上有毒粉。" 她警告说。可是这样的美才惊心动魄呢。我千方百计地去观察蝴蝶了。我在河边的一块石头上看见了她。她是双翅的，棕色的底子上起着翠蓝的圆点。在发白的石头上，她是那么显眼，一种聚精会神的美。她的身子和梦一般的触角、腿子，妖艳的头部也由棕蓝两色构成。我并不想捉她，那时，我也许知道了那美不能属于我——你去捉她，她就成为有毒的了。哈，又有一只飞来了，这一只是雄的，身体小一些，翅膀是黑缎子一般的底子上起天蓝圆点。她看见他，就也起飞了，他们一上一下地飘飞，那大概是交配的前戏。

我还见过粉底起金红斑纹的蝴蝶王，雍容华贵，美得那么从容，因为这世界属于他。在偷窥蝴蝶王之际，我脑子里会浮出红斑毛虫的模样。他啃食树叶时尽显恶魔般的贪婪，所以身体才长得那么大。奇怪的是阴沉可恶的回忆并不能遮蔽美的华彩，我内心深处涌出的崇拜之情竟可以使自己一连一个多小时站在原地不动不挪。因为听说了他有毒，就只能隔得远远地观察，而距离，又增加了他的神秘，他的毋庸置疑的主宰的力量。我无条件地拜倒在他的脚下。

附近有一个老头是负责修剪树叶和维护花圃的，他经常吃毛虫和青虫。这个人长得像野人，只有一只眼睛。当他手执大剪刀走过来时，我们就会吓得四处奔逃。我常常想，当老头睡着了的时候，会不会有一只一只的彩蝶从他口腔里飞出来呢？那么多的毛虫啊。瞧，他靠着树干睡着了，半张着大嘴，那丑陋的牙齿，刚刚嚼过毛毛虫……

14

关于蝴蝶和毛虫的关系，我思考了很久很久，有三十多年吧。我其实没有将它当作通常的问题来想，我只是不断地联想。这种有点机械的、重复了千百万次的脑力劳动忽有一天导致了意想不到的结果，那就是视力的改变。我从毛虫身上看见蝴蝶，又从蝴蝶身上发现毛虫。我的目光既能混合，又能分解。又因为我拥有了这种技巧，"美"便被我保留下来了。

我脑海中的蝴蝶之美是绝对的美，至高无上的美。那飘向天堂的仙子们，婀娜多姿，如梦的流光，然而他们却来自丑恶不堪的肉体。

虎

传言已经来到我们这里好几天了，据说有两只华南虎到了山里。家里不让上山了，我们很害怕。我没有见过虎，只见过虎的画像，那画像模糊不清。听说那是身体很大的、吃人的（尤其是小孩）动物。玩着玩着，只要有人说"虎来了"，我们就会发出害怕的尖叫。虽然有点矫情，却也是真心害怕。对于那时的我们来说，"虎"就是"死"。我们谁也没见过虎。

因为家里没烧的，外婆他们还是上山砍柴，不过不敢走远了，就在附近砍。

忽然，大弟不见了！这就像晴天霹雳。我们全家结伴出去找。先在坡上、沟里和路上找，再到山上去喊。喊啊，喊啊，越喊身上越冷。面对着自己不能理解的事，真是怕得腿子都软了。怎么会有虎的呢？虎吃小孩就像黄鼠狼吃鸡吗？我并没有见到黄鼠狼吃鸡的场面，只在事后看到地上的羽毛和血。我不敢往下细想了，拼足了力气又一次高喊大弟的小名。这一次，喊得那么绝望，悲怆，因为天就要黑了！天一黑，不就等于"死"的到来吗？啊？！当然不能放弃，我们还是抱着希望的。我想，为什么不到后面坡上去找呢？后面坡上我们去得少，但并不是从来都不去。

我刚刚走到坡下面，就看到他下来了，慢悠悠地走着，手里拿着蟋蟀草在看。啊，我真想用力打他！"你要挨打了，全家都在找你！"我气冲冲地说。

"我扯草去了，就在那边沟里，好多草！"他兴奋地说。

不知为什么我摸了一下他的脸。我是想确定他还在吗。是啊，他在，虎还离得远远的呢。我高兴起来了。

全家都高兴起来。大弟没有挨打，他立刻将虎的事忘记了。于是"虎"又一次变为缩在角落里的阴影，而不是笼罩一切的真实。在我不自觉的情况下，我经历过真实了，那真是令人后怕的情景啊。我记得当时在我的脑海里并没有华南虎的形象出现，只有一波一波的黑浪，大海深不见底。

终于，我要开始描写虎了。我在动物园里见过各式各样的虎，它们冷漠地在笼子里走来走去，我无法同它们对视。我要写的，不是这样的虎。我在冥思中凝聚起一个模糊的背影，一秒，两秒，三秒……那背影很快又散乱了，关于虎的想象不复存在。

有那么一天下午，南风懒散地吹着，一只小鸟站在屋檐上一声接一声地叫，我决心来写虎的脚爪了。尤其是爪子下面的肉垫，激起我无限的遐想。轻轻地踏下去，会没有任何声响吗？那么，同幽灵唯一的区别就在于重量吗？这黑沉沉的动物，竟长着如此轻灵的爪子！我想不通，也许一切都是误会。我能捕捉到什么真相？我只知道，从前，在我家所在的山上，虎来过了。它就卧在岩石上，它看着下面的宿舍房屋，其实又什么都没看，它在等待人们来注意到它。

人是不可能弄清虎的念头的，万重山岭隔在我们同它们之间。然而每个人都要同虎相遇，无论你是自愿还是不自愿。在大山中，树的年轮默默增长，虎的身影时而迸散，时而聚拢，永无定形。人啊，你们那执着的目光里头不是都有一只虎吗？

轮　渡

　　坐轮渡船在我的记忆中占有极为重要的位置。多少年都过去了，那些雾蒙蒙的江边的早晨，浸在江水中的矮木桥，熙熙攘攘往河边走去的人群，特殊的水汽等，依然令我魂牵梦萦。

　　最早坐轮渡船的记忆大概是我五岁那年。父亲被发配到河西劳教，我们全家从河东城区搬往河西的郊区。我和两个弟弟（三岁、四岁）走在没有护栏的木桥上，我们都抓着外婆的那件袍子的后襟。湍急的水流在桥墩那里冲击着，真是惊险啊。在陌生的人流中，我们三个谁也不敢顽皮了，都郑重而紧张地赶路。终于钻进了那条大船，汽笛一叫，我们启航了。我们不敢趴到船边上去观景，因为大人不准，我们就站在舱中体验船在水中的摇摇晃晃。那是依稀的记忆，但令人永生难以忘怀。那次大迁移表面上凄凄惨惨，如果从命运的深层次去看，却是一次让我们终身受益、对我们性格形成起了决定性作用的迁移。不迟不早，正好在那个混沌初开的年龄

19

来到了大山脚下。我们对自身所处的这个世界充满了好奇，频繁地与之交流。那雾中的轮渡，那充满启示的汽笛，带给我们的竟是难以言说的双重体验——乐园和人间地狱并存；美丽的大自然和处处隐藏的阴谋并存；关爱和冷漠并存……那是祸，也是福。我看不破无常的命运，唯有那中转之地沉在记忆的底层永不消退。就是从那个时候起，"搭轮渡，过河"成了我们生活中的日常用语。

我在河东与河西之间频繁奔波，搭轮渡船成了家常便饭，有时竟一天来回两次。轮渡票好像是八分钱。快，快！要吹哨子了！好，又赶上了这一班船。好险啊。我已经敢于在那木头桥上飞奔了。

父亲在那边有事，所以我又要过河了。我是父亲的耳目和信使，那种生活既有恐惧笼罩的时候，也有松了一口气的美好时光。还有的时候，一股豪气会从我的心底生出，我会想象自己保护着父亲免遭毒手。那是十四五岁的黄金年龄，我的情商就在对父亲的牵挂中迅猛地发展起来。而轮渡，寄托着我饱满的激情和忧思。那一声意义含糊不清的"嘟——"，总是让善感的少年的心进入某种永恒的遐想。当然，也许我什么都没有想，只不过恍若置身于另一个空间。江水的腥味弥漫着，那一线小山呈现出古老陈旧的味道，舱里的菜农抽着呛人的旱烟。在过渡地，一切事物里面都藏着很深的谜，我不知道它们是什么，但我能隐隐地感到某种异样的作用力。

于是有种想哭的冲动，不是为悲伤而哭，是为感动和渴望。当然，我就连这也不知道。只是忽然，就会掉泪。

整个儿童时代和青年时代里头，我同轮渡结下了不解之缘。我总是往返于两岸之间。一踏上那水中的矮木桥，河风里夹带的腥味就会唤醒我内部某种难以言说的记忆。我里面有东西要出来，但是它们还出不来，它们在这个人生的中转站对我窃窃私语，在浓烈的旱烟味道里面，它们比以往任何时候都要活跃。我总是一个人，似乎从来没在船上遇见过熟人。我在船边的护栏上用手支着下巴，迷惘地凝视着江水。多数时候，我什么都没有想，那也许只是一种静待的姿态吧。下一步会发生什么呢？那是由我里面的东西决定的吧。一切"事件"都只不过是事件，在我所不知道的那个地方的记忆才是一切……

轮渡是一种隐匿的转折，是开拓未来的准备。

我和我的病

因为发高烧，我必须躺在床上了。外面是艳阳天，小孩们都在院子里玩游戏，我听到了他们跑动的声音，其中两个还在尖声叫喊。他们在玩追杀的激烈游戏——我最喜欢的那种。现在我同那种游戏无关了，高烧已将我体内的欲望全部镇压下去，我的迟钝的目光望着树叶，我心里没有丝毫激动。

高烧之类的急症对我来说意味着什么呢？生命的常规活动全部改变了，我不再向外发挥我的活力，只是全神贯注于体内的变化。我同疾病对峙，我要扼制它那凶恶的猛扑，在借助于药物效力的同时也借助于自己的意志力。我很小的时候就知道了，拖延会导致转机。

通常第一夜是最难熬的，最厉害的时候近于半昏迷状态。可是只要熬到了第三夜或第四夜，疾病就会开始溃退。某一个早上醒来，我会突然想吃酸菜或稀饭，我身上由于疾病而萎缩的器官一个接一个地苏醒过来，尝试着要行使正常功能。虽然由于身体的消耗和失水，我的样子很难看，但我已经在倾听伙伴们在走廊里玩扑克发出的嘈杂声了。我不再注意自己身体内部的斗争。我急于要忘掉那些痛苦的时光，追逐快乐才是我的天性。

我恢复了，我忘掉了疾病给我带来的痛苦，也不再专注于体内的变化。我沉浸在浅薄的感官的享受中。不过那并不是真正的遗忘，我隐隐地感到我终将重返那个地方，那里，只有我和我的疾病，我们赤裸裸地对峙。

没过多久，我果然又重返了。漫长的夜里我时而睁眼时而闭眼，一切白天的欲望都被排除了，黑暗中只有我和那个病。我没有表或钟，但我在分分秒秒地计算时间。只要熬过了某个波峰，前景就会变得好起来。也有的时候，情形并没有好转，而是陷入了更大的灾难，疾病变得空前强大，我无所作为。即使是这种时候，需要的也只是更多的拖延，转机终究会到来。

我生病的生活是一种更为纯粹的生活，一种生与死纠缠得最紧的极端生活。白天的趣味生活同它相比，差异是巨大的。回想那些刻骨铭心的日子，再想想我的写作，就会觉得我的体质正是上天给我的馈赠。我这种奇特的体质使我既领略过世俗的疯狂享乐，也常常处在专注于内部的纯粹状态之中。说到底，写作不就是二者之间的桥梁吗？

我常想，当高烧或剧痛到来之际，与其对峙的那个"我"究竟是什么呢？"我"不是一股气，也不是幽灵，也不是体内的某个器官，而好像是一切，是渗透于每一个细胞的那种东西！

　　"我今天还是发烧，不过我正在好起来！"我说。

　　人不能作为纯粹的动物而存活，因为人可以"意识到"。但人需要不时脱离社会返回那种更基本、更纯粹的状态。我童年时代的病痛就是这样的契机，我拥有许许多多的这类特殊记忆，它们成为我的宝藏。现在我每天处在病痛中了，因为写作的生活就是最为复杂的病痛生活，充满了转化的、有点古怪的生活。外与内，社会与个人生理交织在一起，语言符号既肉感又空灵，这样的生活，我已经过了几十年。也许，是因为自娱的快感远远超出了痛感，我才会这样乐此不疲；也许，只有活的意志才是人同肉体病痛对峙时的那个"我"。

雨中阅读

我是一个行动者，所以我喜欢太阳天。在太阳的刺激下，欲望高涨，奇思异想层出不穷。于是，我总在晴天里策划和忙碌。

然而，江南绵绵的阴雨天属于冥想，属于少女的阅读。通常是，雨打在窗台上，瓦壶里的水在炉子上轻轻地响，那种微微忧郁的下午。阅读使我自己成了世界的中心。

少女的身体那么轻盈，雨催生了思维的翅膀。阅读是为了什么？当然是为了那个与生俱来的梦想——飞翔。下午，房间里有很多阴影，大柜子啦，床啦，桌子啦，窗前的谷皮树啦，都在地板上投下那种阴影。它们有时交叠，有时分开，我都看在眼里。雨的嘀嗒声时而清晰时而模糊，我停留在空中不动，我在朝四面八方延伸。那是多么惬意的、醉人的忧郁啊。我同书籍还有雨共同制造了这个忧郁的世界，我要在这个世界里超脱，升腾。

院子里有人滑倒了，伞被摔在泥水里，他在咒骂；走廊里有小孩跑过，他母亲在高喊他的名字。我凌驾于这一切之上，我轻轻地翻过一页书，看到了赤松林上方的火焰，还有爱情中的明眸。有时，我的目光如直升机，急速地掠过那一行行文字；有时它们又停在某一处，仿佛要无限制地重复。雨，总是不停。境界或"场"是持续的。我要追寻雨中的小红帽，小鹿则在山坡上奔跑，它的蹄子踏在吸饱了雨水的草皮上。在远方，古老非洲的草原上，手执弓箭的精瘦的黑人正在射杀狮子。

只有在大人们快下班之际，我的阅读才被粗暴地中断。这件事刚发生的那一瞬间，我总是魂不守舍，仿佛梦想破灭，又仿佛被击倒在地，心里满是屈辱与不甘。那些文字，从它们底下总是透出那同一个境界。只要停留在那里头，少女的眼睛的颜色就会变深。那本厚厚的旧书就放在枕头旁边，当我吃饭和做作业之际，它像磁石一样吸引着我的视线。这就是渴望，伴随这渴望的，是忍耐，是自觉的延宕。这期间，雨声便会不断提醒你那种境界的存在，还有那种销魂的享受，追随的快感。

"起风了。"谁在说。是啊，外面起风了，雨线飘摇。我的阅读进入深层。赤松林上方的火焰，映红了半边天；爱人的明眸，已化为两个深潭。我的功力还不够我继续深入，我惊愕，冥思，我在燃烧。江南的淫雨啊，你要将少女的思绪引向何方？我急速地翻过好几页，又一次来到那个熟悉的场景。那里有绞架，还有高贵的头颅，晨曦中广阔的大地充满了暗示。我不懂那种暗示，但也许，我懂了，自己却不知道。不知什么时候，风停了，雨也停了，我精疲力竭地入梦了。

雨中的阅读是另外一种行动。策划是于冥冥之中完成的。年轻的时候我们没有感到的那些东西，到了老年却渐渐看见了它们的成果。从前，我在阅读中听见了雨声，这是一个多么美好的开端。如果淡蓝的空气欢畅地流动起来，交合就要开始了，大脑出现通道，肢体绷紧了。在雨声唤起的惶惑中，我反复默念那些句子，企盼它们将我带向我从未去过的远方——那里终年垂着浓雾，看不明白。我相信，很久以前我到过那里。我到过了，又忘记了。那种交合，没人能说得清是如何进行的。而我们，只需要聆听雨声。

在书院大厅里

在宽敞阴暗的书院大厅里，我和同学们在"跳房子"。地面由大块的青石板拼成。整整齐齐的长方形，正好成了我们的"房子"，随便用粉笔在上面画一下就行了。被我们踢来踢去的那个骨串子是我从家里带来的，我花了很长的时间，用细麻线串起二十粒酸枣核做成的。开始跳了，我才感到，我们的"房子"是那么的巨大，站在起步的地方，根本不可能看清顶当头的那两间"房"。我的肢体动作是最没有定准的，所以我根本就无法将骨串子准确地踢到前方的"房子"里，两个回合我就被淘汰了。而同学们，大都"买"到了自己的房子。我羡慕地站在一旁看他们踢。有一个女孩，骨串好像天生就是属于她的脚，她要它到哪里就到哪里，几乎百发百中。并且她跳起来那么优美，像燕子腾空一样。"房子"总是被她买走了。放学后同学们又玩了好久才回家，大家都意犹未尽。

然而大家离开后，我仍然待在空荡的大厅里。我要重新尝试这个高级技巧的游戏。我一板一眼地按规则玩了起来。大厅里回响着我一个人弄出来的声音："嗵！沙啦……嗵！沙啦……"我那么投入，那么努力，一次一次地练习，一心想买到一两间大"房子"。有一次，眼看要达到梦想的目标了，却又失之交臂。院子里的光线已经暗下来了，我没有觉察到，仍然沉浸在自己的买房梦中。那么遥远，又那么现实的梦。终究，我没有成功。"房子"太大，我的脚力又太弱，太不准确，完全是在乱踢。唉，唉！怎么已经黑了？啊，到处都黑了！我捡起地上的书包就往外跑。厅堂里的脚步声像一个鬼在后面追我。下死力，下死力，终于跑出来了！怎么会一个人都没有呢？我以前从未看到过吵吵闹闹的大厅（我们的游戏场所）会变得这么可怕，所以后来，那块地方在我梦里始终是险象环生。可是梦想就是诞生在那种地方的啊。最为纯粹的梦想属于孤独的人，而我无意中做了一回孤独者——在鬼气森森的书院大厅里。

后来，在很长一段日子里，我成了自己的历史的改写者。我一定要买"房"！我在走廊上，在水泥坪里练啊练啊，乐此不疲。下雨天，我甚至在家里的旧木板地上画格子练，家人不让跳，我就在地上用脚拂我的螺蛳壳串子，拂过来拂过去。由于心中有梦想，我进步神速，两三天就达到了同伴中的中上水平。哈，我也可以"买房"了，我心里美滋滋的。

多年过去了，关于"跳房子"的细节差不多全忘光了，只有书院大厅的那一次还可以像幻灯片一样回放出来。奇怪，我在那里念小学，可是从来没有发现那个地方的阴森。那个厅堂里大概有两层楼高还不止，墙也是青石板砌的，石板上刻着很多汉字，那时我还不太认得那些字。由于厅堂进深很深，所以太阳不大照得进去。那一天，我的确听到了有阴风在身旁呼呼地吹，我狂跑，我怕！我被什么吓着了呢？也许是第一次，我被里面的东西吓着了，那些东西是由一个梦引出来的。也许那个古代遗留下来的厅堂里聚集了浓浓的阴气，我的热力还远远不够，抵挡不了它们的侵袭。这件怪怪的事令我联想起，生活中的事其实都是有层次的，你以为你的梦是"房子"，其实呢，却是一个别的东西；你向往那样一种拥有，其实呢，那只是一个面具。镜子不说话，但镜子自始至终在照着你，直到某一天，你蓦然回首，从那里头清晰地看到熟悉的黑色身影。

走夜路

童年走夜路的感觉是很迷惑的，然而那种记忆也是最丰富最顽强的，稍一凝神就能逼真地回到那种场所。

那时学院一放假就在露天放电影，门票有时三分钱有时免费。免费的话就要早早去占位子，买不起门票的话呢，就只好站在场外，或游游荡荡，等那收票的离开（多半不会早早离开）。我们一家六七个人，各人搬自己的小凳，去的时候兴冲冲，只盼望占个好位置，最好是在操场中间靠前方。究竟看过些什么电影，能记下来的很少很少，大概那个年龄也不大看得懂那些成人片。儿童片呢，几乎没有。模模糊糊记得的有《追鱼》，是说书生爱上河底的鲤鱼精的，经过大人讲解才懂了。一路上叹息那漂亮的鲤鱼小姐命不好，对里头的服装印象深刻。还有香港喜剧片《乔老爷上轿》，没怎么看懂。

看完电影已经很晚，却还有较长的一段路要走。我们家住在坡上，路灯是没有的，一家人在朦胧的月光下走在弯弯曲曲的小路上。由于已经走过无数遍，在哪里拐弯，哪里有棵树，哪里路窄要小心，哪里是石板桥，全弄得清清楚楚。走啊，走啊，手里的梓木小椅子的重量就慢慢感觉到了。由于瞌睡，出发时的兴奋早消失了，大脑里只剩下一些昏昏沉沉的影像。又由于没有灯光，周围的灌木啦，平房啦什么的都显得没有实在感。终于听到学院生物系实验室的狗叫了，哈，快到了吧。实验室都建在一个大花园里，我们家离那花园很近。听人说那里面的狗都要被剖开肚子做实验的。可怕情景的想象使我猛地一下清醒了好多。狗叫得越来越猛了，走在高坡上，看见下面那黑黝黝的花园里有微弱的灯光，是不是正在杀狗？一想这个就起鸡皮疙瘩。终于绕过花园了，前面是石板桥，坡上那黑糊糊的房子就是我们住的地方。要是在白天，就抄近路从那个陡坡攀着小树上去了。可是这么黑，哪里看得见，只好走正道。正道右手边是我们熟悉的一排桃树，树上冒出的桃油发出好闻的味道。啊，到了，破烂而温暖的家。我和两个弟弟一下子活了过来，但马上又要洗脚上床了。竭力回忆看过的电影，只记得极少的、极迷惑的一两个片断。

奇怪的是我和弟弟们谁也不会后悔电影没看头，到了下一次，又以极高的热情投入这种活动。去前的亢奋和看电影时的激动，都远没有回来时那昏昏沉沉的夜行记得清楚。那该是多么美的夜景啊。但那个时候我不懂得美，参天的大松树也好，如同兽群一样的灌木也好，大鱼在水塘里弄出的水响也好，匆匆飞过的萤火虫也好，一律留下的都是那种带睡意的迷惑。我们都注意到了，但我们都沉默着在那里同瞌睡搏斗。大约这就是所谓感官敞开思维沉睡的瞬间吧。夜间的桃树同白天好像是截然不同的，一种温暖的异香，混合着关于家的想象。桃树上方那破烂的家是我们做梦的地方。多么好啊。可那就是好吗？我们鱼贯而入，进入了活动的另一阶段，那里头有更深、更黑的景色。

朦胧月光下的小路是蓝色的，其他的景物则是黑蒙蒙的，总是这样。我们将小椅子挎在肩上低头前行，很少交谈。如果小路被人弄了个坑，就说："这里有个坑。"如果隐约听到了远方的狗叫，就说："生物系的狗又叫了。"夜气有时是温暖的，有时则是凉凉的。沿坡的那一长排桃树，后来反反复复地出现在我的异域风景里头，成为最重要的道具。那是多么深沉的夜啊，我们一定听到过眼面前的那座山的呼吸，我们听到了又忘记了。

玻璃坛子里的黄姜

进城之后，城里的那些零食店和路边小吃对于我有着巨大的吸引力。那个时候大家都吃得饱饭了，连我们这样的穷人家庭也如此。可是说到零食和小吃，那还是太奢侈了。那是只有那些小康之家的孩子才吃得起的。

我们那条街上有两家零食店，一家在街头，一家在街尾。放学回家，或者放假了没事的时候，我特别喜欢去零食店里逗留。我一般来说是没钱买零食的，但我爱想象零食的滋味和它们在我嘴里的那种美好的运动。零食店里一般人来人往，所以一般不会有人注意到我长时间站在那些玻璃坛子旁边。玻璃坛子里装的是染成红色或淡黄色的嫩姜；滚了绵白糖的油炸黄豆；像耳朵一样的油炸小花片；看上去口感极好的桃酥；还有被我们称作兰花豆的油炸蚕豆，等等。我的最爱就是那些红的和黄的嫩姜。我凝视着每一块姜：它们的色泽，形状，老嫩的程度，表面的盐霜，内里的糖精和甜度等，反复地判断每一块入口之后会给我的味蕾带来什么样的感受。两家零食店的姜有些区别，有一家的用料比较老，是老姜，染色也不那么鲜艳。还是街尾那一家的姜最好，属于那种很快就刺激味觉，让人喜不自禁的零食。那时我认为，姜的透明度和色泽决定了它们的味道是否纯正。

尽管梦想着那些姜，但苦于没有零钱，只能将那些玻璃坛子里的美食看了又看。终于有一天，问家里要了一毛钱去买文具，买完文具后还剩三分钱，于是藏好，看家人会不会忘记。过了好几天，果然忘记了。我觉得三分钱买姜还是太少了，担心店里的人不肯卖给我。于是我又到饮食店门口去守候几次，终于在地上捡到了一分钱。揣着四分钱，似乎底气足了些，就趁父母午睡时去街尾的零食店了。

"我买四分钱的黄姜。"

那人用筷子夹了两块最小的姜，放进玩具般的小秤里称了一下，然后用纸包好交给我了。一出零食店，我立刻将纸包拿出，从一块姜上面撕了一小条放进嘴里：辣、甜、咸这三种味道混合在一块，令我过瘾地眯起了眼睛。我不能让大人看见我吃零食，要是被发现的话我就成了不诚实的小孩。所以我就忍着馋，装作什么事也没有一样去上学了。

课堂上，我装作认真听课的样子，我的手偷偷地伸到衣袋里摸索，摸到我的姜，掰了一小点下来。然后我低下头到抽屉里去拿东西，趁拿文具时将那一小点姜放进了嘴里。多么过瘾啊！我让那种刺激的味道在我嘴里慢慢弥漫，不动用牙齿。我就这样含着美味上完了半节课。下课了，我忍不住又吃了一点，我把那一小块都吃完了。另外的一小块要留着明天吃的。我一边咂巴着嘴，一边对自己的判断力感到满意：我单凭眼睛就能看出哪块姜最好吃，哪一块差一点。

丢　脸

同很多同龄的小孩子一样，除了"死"，我小的时候最害怕的还有一件事，这就是"丢脸"。什么叫丢脸？简单地说就是被周围的人看不起，嘲弄，在别人心目中被列为"下等人"。

我们家的小孩都是穿得很差的。我妈妈常去市场上买一种最便宜的"夏布"来给我们做衣服。那种布里头掺了一些粗麻，摸上去很硬扎，手感特别不好。还有一个缺点就是"夏布"上面的花纹特别难看，可能那种布不适合于印染。妈妈用手工给我缝了一套衣服，是黑底起鲜红的大花，裤子是紫花绿叶。小弟弟们的衣裤则一律染成黑色。

啊，那套衣服真是难看！但我并不挑剔，因为没有选择的余地啊。我就穿着那套别扭的衣服去学校了。我没料到自己会被班上的同学注意。

"像个乡巴佬一样……"

"红配绿，看不够啊。哈哈……"

"这一身花多扎眼！"

这就是我听到的议论。他们都站在那边笑我呢。

我的脸在发烧，我坐在座位上不敢动，生怕他们说出更难听的怪话来。丢脸啊丢脸。可我又有什么办法呢，只能硬挺。那一天我深深地感到，我是世界上最不好看的小孩。

第二天我又穿着那一身花衣服去学校了，我没有别的衣服可穿。

第三天仍然如此。

后来我终于挺过了难关。因为大家已经对我这身衣服熟悉了，也就不感兴趣了。既然没有特别关注我了，我又偷偷地去加入了追跑游戏。仍然有同学恶作剧地喊道："抓住这个乡巴佬！"我听了后心里很惶恐，但还是挺过去了。挺过去了就没事了，生活中总是这样的啊。我似乎很早就懂得了这个道理。

还有一件事。那天课间，厕所里人太多，我等了又等，还没能轮到我上课铃就响了。那是一节体育课，我们站在操场上操练，我忽然内急，就拉在裤裆里了。

"她把尿拉在裤裆里了！"一名男生大声叫道。

啊，我觉得我要死了，我无处藏身……

模模糊糊地听到老师叫我回家。我离开了队伍，走回家里。

我换了干净裤子后，立刻就往学校跑。

但我还是迟到了。迟到的学生就得站在教室后面等待老师叫他去他的座位。我往那个地方一站，老师立刻叫我去我的座位。我感到班上每个人都在盯着我看。我是逃不脱他们的目光了，我只能硬扛。也许过一阵他们就会忘记这件事吧。

过了几天，他们果然忘记了。而且我自己也不再感到这是什么要死要活的事了。

"鬼"

　　四层楼高的报社实际上相当于七八层，因为每一层都出奇的高。我妈妈在报社总务科干杂活，我不记得我为了什么事去找她了。

　　当时快要下班了，楼里面好像一个人都没有。外面下着暴雨，天黑得像夜里。我到了总务科，门开着，但没有人。我妈妈怎么没等我？她到什么地方去了？我在楼里面寻找，到处都亮着日光灯。我想，反正雨一时也停不下来，我上楼去看看吧。

　　我沿着楼梯往上爬，到了二楼。二楼却黑洞洞的，我不敢进那些走廊，就又爬了一层楼，到了三楼，可三楼也是黑洞洞的，只除了我所立足的楼梯。是不是人们都下班了？可是还没有响下班铃啊。既然已经上来了，我干脆到顶楼去看看吧。我突然听见了自己的脚步声，那么清晰：哒、哒、哒……我紧张起来了。好在四楼没黑灯。

我进了走廊，看见走廊两旁的办公室都关着门。我走到头，又往回走。我妈妈显然不在这里。我又进了另一条走廊，这条走廊的天花板上也亮着灯，但两旁的办公室也关着门。我又往回走，打算沿楼梯下到一楼去。我刚走到楼梯口那里，所有的灯忽然一下子就黑了。

　　扶着楼梯扶手下楼时，我的牙齿在打架。多么黑啊，只有闪电透进来的阵阵白光。楼梯是很陡的，级数也很多，我不能走太快，要抓紧了扶手，一级一级地下去。我觉得如果我踏空了，就会摔死。我的脚步声那么响，不像是我的，倒像是另外一个人的。会不会有一个鬼在跟着我？我的全身抖得更厉害了。当一个响雷砸下来时，我差点松了手栽下去了！天哪，我可不能松手，我已经到了二楼了，再坚持一下就到一楼了。到了一楼，我一定能甩开身后的鬼。

　　光滑的楼梯扶手给了我信心，因为有这扶手，鬼也抓不走我，我力气还是不小的。如果它来抓我的话，我就要拼死抗争。一边这样想着，一边一级一级地下。其间又闪了两次电，砸下来两个炸雷。终于到一楼了。

　　一楼仍和楼上一样黑，又空旷又黑暗。我像盲人一样摸着墙走。

　　然而在长长的走廊的尽头，也就是大楼的出口那里有一个光点。那是一支手电筒。

我朝着那光点走去。虽然心里很怕挨骂，但还是硬着头皮靠拢去。

"小小，你跑到哪里去了？现在停电了。"竟然是我妈妈在说话。

"我到办公室，你不在那里，就到楼上去找……"

"该死！这么黑，你上楼去了，幸亏没摔伤。"

我妈妈将手电筒放回办公室，又出来关上了门。我们摸黑走出了大楼。

外面雨已经停了，马路上弥漫着雨后的好闻的气味。

不知为什么，那天下午的事始终像一个谜一样停留在我的记忆里和梦里。后来，我无数次梦到从报社办公楼里那高而陡的楼梯往下走，始终走不到头。

好妈妈

　　麻子是我们邻居家的女儿，一位胖胖的、比我年纪小一点的女孩。麻子胆大，反应快，手性也很好。她是做家务的能手，但对学习兴趣不大，成绩中等。

　　麻子的家里总是被她收拾得干干净净，脱漆的地板也被她擦出了木纹，她还会做土豆炖肉。她妈妈是中学老师，家里有三兄弟，麻子是唯一的女孩。时常，我去她家时，就看见她在缠着妈妈，要妈妈帮她写作文。麻子不喜欢动脑子，对写作文这类事当然就找不到门路，于是她就找妈妈帮忙。我很喜欢麻子的妈妈，这位短发的中年女人从来不对小孩发脾气，而是用很慢的语速给孩子们讲道理。在那个年代，像这样的女性大概是少数。

　　"这个题目是'记一次有趣的活动'，你要找出中心思想，就是你打算写什么。如果你写一次春游，就要找出活动中给了你很深印象的事来写，只写一两件事就可以了。然后想好，你的描写要分几段……"麻子妈妈在慢条斯理地开导她。

可是麻子却在低头看她的扑克牌。待她妈妈讲完了,麻子就问:"那我第一句写什么呢?"

"可以写搞活动的氛围,也可以写你自己的心情啊。"

"那我就写:'今天我们要去春游了,我心里很高兴。'可是接下去写什么呢?"

"写春天路上的景色,公园里的景色啊。"

"我不会写。你帮我写几个提示的句子吧。"

"唉,麻子麻子,你就是不爱动脑筋。你看看小小,她的作文写得多么好。"

麻子咯咯地笑着,要她妈妈将提示的句子写在纸上。这位妈妈只好照办。

我想,麻子真有福气啊,要是我妈妈也像她妈妈一样就好了。我妈妈对小孩很不耐烦,还打过我好多次,下死力打。我经常记恨她。

麻子的妈妈经常站在走廊上,向邻居夸奖她的女儿。

"麻子今天帮我做了土豆烧肉呢。一开始我老担心她烧不好了,没想到她烧出来还很不错。"她自豪地说。

"您真有福气啊,养了个这么能干的女儿,家务全包。"邻居羡慕地说。

麻子站在一旁，两眼笑成了弯月。她说："我的土豆烧肉比我妈妈烧的好吃！"

她们母女俩是多么心心相印啊。我从未见到麻子的妈妈批评家里的小孩，至多就是埋怨几句，好像她和儿女是同辈人一样。我知道她不那么在乎麻子的学习成绩怎么样，麻子做事用心，这对她来说就足够了。真是一位通人情的好妈妈啊。

我十五岁那年在日记中发誓："将来无论有多么大的痛苦，我也要解放自己的儿女。"

街景（一）

从岳麓山里搬进不大不小的长沙古城，城里有几样街景还是很能吸引我的。首先是同"吃"有关的，比如饮食店、零食店，街边卖发糕和卖棉花糖的小摊等。街边小摊都现做现卖，所以摊子边总是围着一群孩子。这些孩子中的绝大部分是买不起零食的，只有一小部分人买得起。摊主很欢迎孩子们围着他的摊子饱眼福，因为这样就可为他们招来生意。我也是这些买不起零食的孩子们当中的一个，我又特别爱吃。尽管吃不到，看也是种享受啊。那亮晶晶的、像云彩一般的大捧的棉花糖，光是看到它们被从机器里摇出来的形象，也就能给我带来极大的满足了。所以我站在摊子边上常常超过半个小时以上。那是我的高级的娱乐活动，嗅觉和味觉全都张开了的紧张的活动。蓬松的鸡蛋发糕是另外一种奇迹，同样是刺激着味觉嗅觉和视觉。起锅之际，摊边的孩子们已排起了队。长方形的小块，嫩黄的色泽，蓬松新鲜，引起过我多少遐想！时常，我觉得是自己在吃，而不是别人在吃。我想，如果我有钱，就来吃一大盘！

街景中除了同吃有关的这些之外，还有精神享受。最常见的两种就是小人书摊子和飞刀游戏。每条街上都有小人书摊，热闹的街上甚至有五六家。小人书一排排挂在街边的书架子上，孩子们挤在长条板凳上如饥似渴地阅读，有时一本书竟有三四个人共享。那个时候，绝对没有人会偷书，也不会将书弄坏。爱读书的小孩都很守规矩。有时已经入夜了，书摊还没收摊，因为孩子们的热情实在高。于是摊主在树干上牵几根电线，挂几盏电灯，满足这些小鬼们的要求。城市的星空下面，这些书摊沸腾着活力。

飞刀游戏也是可以观看的。看别人如何过瘾，自己在旁边也就过瘾了。有一位男孩的手气特别好，随随便便那么一投就中了靶心。多么潇洒啊。要是都像他一样技巧高超，店里就赚不到钱了。后来我注意到他隔一段时间来一次，来了也不玩很久，大概担心会影响店里的生意吧。我是不敢玩飞刀的，太危险了。有些满心渴望的小孩总打不中靶心，于是气急败坏；另一些偶尔运气降临，投中一两次，于是喜不自禁。他们都不如那位侠客似的男孩。那男孩独来独往，模样冷峻。

忽有一天，有人请我吃街边摊的发糕了。

等待的过程是多么心焦啊。因为是休息日，队排得很长。我们差不多等了一个小时才排到。这一回，我远不像往日当旁观者时那么从容和专注。我心神涣散，不耐烦地伸着脖子看前面，只想快点轮到我们。

　　美味终于到手了，用纸包着，我和朋友一人两块。奇怪，这嫩黄的鸡蛋发糕并不如想象中那么好吃。虽然很香，但味道淡淡的，对我来说没有特别大的吸引力。我像在梦中一般吃完了那两小块。

街景（二）

长沙街上有一种另类街景就是拖煤的平板车。我们这里冬天很冷，煤的消耗很大：单位的澡堂啦，街上的澡堂啦，百姓家的生活用煤啦，等等，都导致这些用火车从北方运来的煤装进了平板车，被工人们送到城市里需要的地方。拖煤车的一般是中年人为多，偶尔也有老年人。胶轮板车缓慢地行进在柏油马路上，据说一车煤有一千多斤，都装在竹筐内，车轮被压得吱吱作响。车夫用肩膀和两臂同时用力，看上去很费力，而且他们的姿势也给人一种难受的印象。因为要用煤的地方很多，所以城里到处是拖煤的板车。

煤是很贵的东西。不知从什么时候开始，街头巷尾的穷孩子们开始了一种"扫煤"的活动。他们每人手拿一个小撮箕，一把小扫帚，弯身去扫运煤车上散落下来的散煤。有些男孩和女孩成天做这种工作，他们身手灵活，眼尖手快，有时一上午就能将家里一天的生活用煤搞到手。大队煤车到来之际是孩子们最兴奋的时候。我看着他们冲上去争抢的身影，心里想，这些煤粒在他们眼中大约同金子差不多吧。

有两姐妹特别调皮，扫了地上散落的煤还不够，还要用扫帚从竹筐里拨煤，让煤落到地上再去扫走。当然每次都只拨下一点点，连笑带闹地干这种事。送煤工人知道她们的诡计，并不呵斥她们，相反，工人们脸上的沧桑舒展开来了。我见得多了，便领会到了女孩们同工人之间有种长期的默契。生活是贫苦的，女孩们是乐观的，成年人谁不爱看她们的笑脸？瞧，她们放在街边的小桶已经装满了，男孩们比不上她们会用巧计。

不久就下雪了，地上铺了一层雪，平板车在冰雪上压出一轮一轮的车辙。那些工人们口里喷出白气，拖起车来更费力了。但街上的煤车还是那么多。这种天气便不能扫煤了。那两姐妹站在路边朝手掌哈气取暖，也许他们心里在想，又有散煤从车上掉下，掉进了雪水里，多么可惜啊！只有她们站在那里，男孩们无影无踪，可能去疯玩去了。她们眼里只有煤，一小团散煤就可以做一餐饭菜，将散煤做成煤饼子还可以储存。她俩只有十三四岁的样子，很可能已经是家里的台柱子。这样的女孩，工人们是不会呵斥她们的。

北方来的煤给灰溜溜的长沙古城注入了活力。多少年里，煤对于我们少年来说都是那么亲切的物质。家里有一炉小小的煤火，就像有一个老外婆一样。我们用它烧水，做饭，烘烤被雨淋湿的衣服。冬天里，这一炉煤火就是一家人的魂。我家就住在煤栈的对面，大风天里，风将煤粉刮得到处都是，过路的行人有的用扇子或报纸遮住头部。但我一点都不嫌弃那座煤山。每次看见它，我都在惊叹：这么多啊。心里琢磨着要是给我一些的话，不就可以驱散严寒，让我脚上的冻疮好起来吗？

街景（三）

可能是因为杀虫剂用得少的缘故吧，城里到处都有蚊子和苍蝇，虽然数量不是很多。蚊子还比较好对付，家家都挂蚊帐。任它们在蚊帐外乱飞苦叫，帐子里的人安心睡大觉。苍蝇就有点讨厌了，只能用苍蝇拍对付它们。一般来说，绿头苍蝇不太多，在屋子里飞来飞去的大多是一种"饭蝇"，身体细小，身上有麻点。人一吃饭它们就来了，于是用苍蝇拍对付。

暑假里，学校布置了让我们除四害，打苍蝇。每人要交三百只蝇尸，交五百只为优秀。我对这项活动很感兴趣，成天拿着个苍蝇拍去拍苍蝇。我们住的宿舍里苍蝇并不多，只有一些饭蝇。小孩们都来打，很快就打完了。我很郁闷：如何完成五百只苍蝇的任务呢？

新的机遇忽然就来了。街边有剖鳝鱼的摊子，鲜活的鳝鱼被剖开后，它们的血和内脏散发出浓重的腥味，引来了大群的绿头苍蝇。还有另外两个小孩也在同我一块打，他们也要完成任务。摊主很高兴，巴不得我们天天来。

后来我又发现我们这条街上还有一个鳝鱼摊子，也是现剖现卖的，也有很多苍蝇飞来飞去。这下我要超额完成任务了。这些大个头的苍蝇也不知住在什么地方，它们这么喜欢血腥味，鳝鱼一被剖开它就嗡嗡地叫着飞来了。它们落在那一大堆带血的废物上，欢快地吸吮着。它们万万没想到刽子手就在旁边。一拍打下去有时会打死两只。有的苍蝇蠢，同伴被消灭了，它仍然往那一堆东西飞过来。来送死。还有些苍蝇是新来的，不知道这里是一个陷阱，糊里糊涂地丢了命。

在烈日下，我们这些小孩天天进行这种劳作。我觉得只有我最认真，男孩女孩们都不耐烦，工作一会儿马上就走开去找其他乐子去了。我一只一只地数，计算着玻璃瓶里已有多少只，还要工作多久就能完成任务。这给我一种成就感。我是不容易见异思迁的。何况打苍蝇也很好玩。

五百只苍蝇的大关终于被我破了。那天下午，我拿着两个大玻璃瓶去居委会登记。我将瓶里的蝇尸倒在一张报纸上，居委会的老奶奶戴好眼镜，用两根小竹棍帮我点数："二、四、六、八、十……"她一丝不苟地数完了，告诉我一共有六百来只苍蝇。然后她从一叠小纸条中扯下一张，在上面一笔一画地写上"苍蝇六百只"。写好后她又拿出居委会的图章，在那纸条上盖了一个章。我在旁边看着，满心都是喜悦。这是我的劳动成果啊。

一直到暑假快过完了，我还看到几个男孩在街边打苍蝇。他们玩疯了，还没完成学校交给他们的任务。

街景（四）

有"火炉"之称的长沙城里的夏天是很难熬的。很多住在街上的居民就将一间临街的房对外开放，摆上一个茶摊。十几只大大小小的玻璃杯，每只杯子顶上盖一块玻璃挡灰。大杯收两分钱，小杯收一分钱。杯子里的茶水颜色都特别好看，常令我想入非非。后来我才知道那些茶水都是用比较老一点的茶叶熬出来的，嫩茶叶不上色，也成本太高。不过老茶叶大概也别有风味吧。反正看上去是很不错的。

我每天经过那几条街去上学，所以将那五六家茶摊的风格搞得清清楚楚。有一家风格较粗犷，大杯茶占多数，茶水的颜色近乎红棕色了，应该是特别好喝吧。两分钱那么一大杯，我喝得了吗？日头顶上照，身上出着汗，真想喝那大杯茶啊，可惜我没钱，只能饱饱眼福。有时碰上路人去喝大杯茶了，我就想看看他们能不能一口气喝完。当然，他们全都一口气喝完了。这都是些渴极了的路人，有的还提着大包小包，是外地客。

还有一家茶摊的茶显得文雅，装在小玻璃杯里，色泽也没有那么粗犷，而是淡淡的黄色。在这家茶摊喝茶的大都是女生，她们叽叽喳喳地站在马路边，喝完了就走了。这时摊主就走出来，收起那些一分的硬币，将玻璃杯拿进去洗。我打量摊主，在心里猜测着，他一天下来能收到几角钱？他当然收不到多少钱，可这是他一家人生活费的一部分。

虽然没有钱喝茶，但我很喜欢这些茶摊。玻璃杯里的茶水的清凉之气感染到我，让我在酷热的包围中得到缓解，产生遐想。那时在家里我们都是喝凉开水，只能偶尔喝到一杯真正的清茶，一般是绿茶。那对我来说就是最高级的享受了。我不知道街上的这些茶水好不好喝，但我愿意将它们想成解渴的、冰凉的琼浆。正因为这个念头的萦绕，所以上学和放学的路上，我总是情不自禁地观察那几家茶摊，就仿佛它们是我的老朋友一样。即使是哪一家换了新茶杯，也逃不过我的目光。

有一天，摆着大杯茶的那家茶摊消失了。那间房的门关得紧紧的。难道他们搬家了吗？还是他们找到了另外的赚钱的门路，不再靠摆茶摊赚取生活费了？在我的印象中，这一家的生意是比另外几家都要好的。在暑气浓浓的夏天，愿意喝大杯茶的路人要多一些。这样，每个顾客可收取两分钱，而不是一分钱。我该有多么失望啊。大杯茶突然就消失了，我在上学的路上也就没法饱眼福了。没有大杯茶的路途是多么枯燥无味，又是多么酷热。幸亏还有小杯茶的摊子，它们满足着那些女生们的嗜好。女生们一边喝茶一边聊天，微微带点炫耀的意味。我低头快走，我不属于她们的行列，因为没有钱。

过了好几年之后，我已经长大了，我的生活也比从前好多了。有一回，我忽发奇想地用两分钱买了街边的大杯茶。这不是从前的那个茶摊子了，但茶的味道是不错的。

街景 (五)

那时城里汽车还不多，马路上夜里基本上是没有车的。长沙城里，屋里热得同蒸笼差不多，所以大家都是到马路上去乘凉。我们早早地就要到马路边去占位子，用凉水将地上泼湿一块地方，放上我们的竹床，竹床还要用凉浸浸的井水抹几遍。占好位就放心了，晚上可以同伙伴一道，在各自的竹床上躺到半夜再回屋里去睡。

还有一些大胆的人，干脆将竹床放到马路中间，那样更凉快。他们在长长的经武路上排成一排，有人甚至挂一床蚊帐，看上去很壮观。这些居民一般早上就进屋，因为那时就会有汽车开过来了。我觉得，敢于睡在马路中间的人都是一些洒脱的市民，我很羡慕他们，但自己不敢做那种事，怕被家里大人骂。还有一个顾虑就是，我总觉得半夜之后街上就可能有鬼魂光临，即使躺在马路边也有危险，更不要说马路当中了。我，还有我的同伴们，一到半夜就得回家。那时外面有微微的凉风吹来了，蚊香也快烧完了。

但是一回到家里就后悔了。一股热浪扑面而来，身上开始出汗。你只能忍着，钻进厚厚的纱布蚊帐里，用力闭上眼，什么都不想，任身上的汗慢慢流。过不多久你就入睡了。早上起来草席子上有你流下的汗。

"小小，我帮你占了位。今晚还有西瓜，用井水泡在那里。你准备蚊香吧。"

麻子的好消息让我乐得两眼发光。

我们放好竹床，点上蚊香，就开始吃西瓜。西瓜并不甜，没有熟透，不过确实泡得很凉，很爽口。我的印象中那时的西瓜都是生生的，大概是瓜贩子从外地运来，总是摘得很早。长沙不产西瓜。摇着蒲扇躺在路边，我们的心情特别好。啊，星星出来了，那些最亮的先出来。再过一会儿，整个银河都出来了。这时我就会想，要是不进屋，一直躺到早上，该有多好啊！每晚我都要想一轮这事，但每晚还是回屋里去睡了。就连麻子这么调皮的女孩，也只好乖乖地回屋里去了啊。

"小小，我刚才听到路边茅屋那里有东西在叫。"麻子压低了声音说。

"呃？"我的声音更低。

我身上的汗毛都竖起来了。

"会不会是鬼？我出来时看见茅屋的窗台上放了一顶草帽。"

我想，我前后左右都有人，怕什么呢？就算那鬼要来抓小孩，我也不是睡在最边上的那几个嘛。还有一个可能就是，麻子在撒谎，她比我胆大，也许在找机会戏弄我呢。可不要上她的当。见我不吭声，麻子又试探我说：

"你觉得世界上有没有鬼？"

"不知道！"我气冲冲地回答。

街景（六）

好多年里头，那种铁条击打的声音在我们听来是激动人心的信号。卖粘糖的小贩往往是一名老人。在天好的时候，他挑着箩筐走街串巷，用铁条敲出有节奏的响声来告知孩子们他的到来。

我们立刻围住了他。他揭开盖在铁盘上的布，露出令我们垂涎欲滴的美妙的粘糖。有人先交钱了，他便用一把类似铁錾子的工具在一大盘粘糖上切出窄窄的一条来，用裁好的干净的草纸包好交给那人。拿了粘糖的孩子立刻跑开了，生怕别人要来分吃。又一个人交了钱。女孩在箩筐边声音如蚊子似的哼哼："多切一点吧，多切一点……"老人便给她切出又薄又长的一条。她接了纸包，喜笑颜开。

粘糖有两种，一种是用红薯熬的，黑红透明；另一种是用大米和豆子熬制的，浅黄色。我更喜欢大米和豆子熬制的那种，吃完后余味无穷。粘糖的最大好处是，两分钱或三分钱就可以买，而孩子们常有机会弄到两分钱。这种蝇头小利的买卖一般是由老年农民来做的。大概他们在乡下熬好粘糖，注入铁盘里，再挑到城里来卖。想想吧，他要走多少地方才能卖完那两大盘粘糖啊。我对这几个老大爷印象特别好，因为他们有耐心，又总能让我们产生惊喜。

比如我正在家里做作业或干什么别的事，只要听到那叮叮当当的响声，而我又刚好有两分钱，我就会跳起来往外跑。我跑到他的担子跟前，递上两分钱硬币。

"这回啊，小姑娘，给你多切一点。"他慢悠悠地说。

他果然给我多切了，比三分钱的还多！多么美妙的粘糖，要是天天有得吃该有多好！我喜欢甜食，喜欢到极点。我也喜欢这位老大爷。可是什么时候才会天天有粘糖吃？那大概是不可能的吧。来买粘糖的大都是穷人家的小孩。我心想，老大爷也许是看我太瘦了，就多给我切一点粘糖。

有时候，我还会梦见粘糖。似乎是，天下雨了，老大爷的粘糖卖不完了。他让我将剩余的那些吃掉。我吃了又吃，却吃不出味道来……

街上还有一样美味的小吃就是馄饨。我记得我一次都没有吃过，因为太贵了。但我特别爱看女孩包馄饨。馄饨担子放在街边的大树下面：锅、碗、各式配料、香油、盐，还有切好的馄饨皮和一大碗拌好了的肉馅。马灯照亮着，女孩的手动得飞快，机器切好的馄饨皮像蝴蝶的翅膀一样。她一会儿就包好了一大板。

顾客来了就将馄饨下锅，将骨头汤舀进碗里，放上自己腌制的酸菜，绿色的香葱，盐。一会儿馄饨就舀进了碗里，最后才放香油。

两位顾客都坐在街边吃，吃得痛快淋漓。

"关键是馅和汤要好，酸菜的味道要正。"她对顾客中的一位说。

在困难年代里没有馄饨担子，是后来生活好一些了才有的。

敬　礼

我们那个时代的小孩，大部分在大人面前都表现得比较腼腆，更不要说在学校的老师面前了。除了几个班上的班干部，我们都羞于同老师们私下里交流。下了课就各走各的。如果在校外碰见，也会羞答答地叫一声"老师好"。

我转过好几次学。那一年，有一位男老师来做我们班的语文老师兼班主任。这位老师是从军队转业过来的。他爱孩子们，但对我们的要求十分严格。他接手我们班的教学不久，就制定了一条规定，这就是，不论在校园里还是在外面，如果哪位同学见到学校老师迎面走来，就得主动停下脚步，向老师问好，还要行一个少先队队礼，等老师走过之后才离开。他是在课堂上宣布这个规定的。一下课，同学们就议论纷纷，说这条规定太难遵守了，而且多么别扭啊。老师一定是将我们当作部队里的士兵了吧。

难虽难，可还得硬着头皮遵守规定。

有一位男同学，远远地看见老师过来了。老师离他还有几丈远，他就慌了，站住后行礼，然后小声说了句"老师好"，立刻转身跑掉了。我想象他一定是满脸通红吧。上课了，老师把这件事同大家说，我们都低下头偷笑。老师希望我们像训练有素的战士一样，大大方方地做这件美好的事。他还亲自在讲台上示范了两次，又叫同学上去演示。尽管我们老师苦口婆心，我们还是觉得别扭。

结果是，我们在学校或在校外时都小心翼翼，远远地看见我们老师就逃。只有个别很听话的班干部向老师敬礼。大概也没人说得清，为什么在外面向老师敬个礼有这么困难。如果去问班干部，他们可能也不知道。老师要他们敬礼，他们就出于一种惯性执行了。难道是我们不喜欢这位老师？不，大部分同学都比较喜欢他，因为他有时还会带领我们做游戏。一般来说，我们也愿意听他的话。

过了好久，敬礼的事还是收效甚微，这位老师也就对此不了了之。

"×老师，你们班的纪律怎么那么好？"

"因为我在班上威信高嘛。"

这是我偷听到的我们老师同另一位年轻老师的对话。那时我想，威信高也不必要大家敬礼啊。我心里很有些埋怨他的意味。现在已经不提敬礼的事了，可我还是生怕在校外什么地方碰见他。万一来不及逃跑，不是还得敬礼吗？太难为情了。和同学议论这事，有人说，他不敬礼，只叫了一声"老师好"，老师也没有批评他。我很羡慕这位男生，觉得他胆子很大。因为那条规定并没有取消啊。

幸运的是，我一直没有在校外碰见过我们老师。真的一次都没有。

玲姐姐

　　素是一位文静的女生，笑起来很可爱。大家都知道她家是我们班同学中最穷的。她的头发带黄色，一点都不油亮。我从来没看见她穿过一件新衣服，哪怕她夏天穿的衬衣都是旧的。她的学习成绩属中等。有时我会在课间做作业。这种时候，素往往拿着她的作业本坐到我的旁边来，同我一块做。后来我同她要好了，我觉得她非常善解人意，比我懂事多了。没人同我们玩时，我们就坐在教室里聊天。我得知素的父母是小工厂的工人，家里还有几姊妹。我想，她之所以喜欢我，很大一部分原因是因为我学习成绩好。她也很愿意学习。

　　秋天里的一天，素邀请我去她家玩。她还说要将她的一位大朋友介绍给我，这位大女孩住在她家附近，是高中生，也是学习很好。我很羡慕素有一位这么优秀的大朋友。而我，没有任何大朋友，我家附近的大女孩都不同我玩。

素的家是在一条阴暗的小巷里，巷子里连一棵树都没有，只有些小男孩蹲在泥巴地上打弹子。她家的大门看上去也很破旧。

"二毛，三毛，还不回去做作业！"素冲着那两个男孩严厉地喊道。

男孩们一溜烟跑得没影了。

我们进了屋，素带我去她和姐姐住的小房间。那房里只有一张很旧的床，床上铺着旧席子，一张小方桌，两只小凳子。房里还有几本插画的书，都放在床上。

素给我倒了一杯水，要我坐在房里等，她去叫她的大朋友玲姐姐来见我。

我一边等一边想，素是多么会为人处世啊！

玲姐姐同素来了，她俩坐在床上，我坐在小凳子上。玲姐姐是非常温和的女孩，说话慢慢的，很有条理。她说她听素介绍了，知道我的作文写得很好。她问我可不可以把我的作文本给她看一看。

我立刻从书包里拿出作文本交给她。

她坐在那里认真地看，不住地点头。她的形象令我对她产生出钦佩之心。

素和我待在一旁小声地闲聊，咯咯地笑着。

后来玲姐姐看完了我的作文。她抬起头来对我和素说："小小是很优秀的学生。我有一个建议，看你们同不同意：我们每个月到这里来讨论小小的一篇作文。小小写了作文就让素带给我，我来在上面写批语。等到见面时，我就来给你们讲解这篇作文好在哪里。"

我连连点头，脸上发烧，话也讲不好了。

玲姐姐走了之后，素又向我讲了一些关于她如何刻苦学习的事。我对玲姐姐最深的印象却是她那文雅的少女风度。我忽然明白了，难怪素在女生中显得特别文静，原来她身边有这样一位姐姐啊。

卖废报纸

那时我已经得知废旧报纸可以卖钱。可是到哪里去找它们呢？我妈妈在报社搞总务工作，我常去报社，我也在报社子弟小学上过两年学。可是报社的那些有印刷错误的废报纸是不能拿出来卖钱的，我妈妈说那是犯罪。

一天中午，人们都在睡午觉，报社食堂里一个人都没有。我看见饭桌边的椅子上放着一大卷废报纸。可能是哪个人拿了打算去糊家里的墙壁，或去遮盖箱柜，但又忘记了，遗落在此的。我立刻想到街上的废品收购站，想到这一大卷可以卖多少钱。我站在那里，脑筋飞快地转。终于，我环顾了一下周围，抓住那一卷报纸就跑。我想，如果被捉住了，我就说是捡到的，拿回去糊墙的。我从小路穿过传达室跑出了报社大门，根本就没人来抓我。

废品店离我家不远，我一拐弯就进去了。

"两角四分钱。"废品店的老阿姨说。

我接过钱的时候手在微微发抖。我从来没一次赚到过这么多钱，简直是天上掉馅饼了。我是多么想要一点钱啊，我想买文具店里那支绿色的钢笔，我也想吃零食，现在终于有了希望了。

然而我总记得妈妈说过的话。我卖了旧报纸，可又不完全是偷，是别人忘记带走的，对那人来说不值钱的东西。我就等于是从地上捡了不值钱的东西嘛，这算什么大的错误啊。我要是不捡，又会有另外的人去捡嘛。再说我又不是常常倒卖公家的东西，这东西已被私人拿出来了，我是捡了私人的东西。我就这样翻来覆去地为自己辩护，无论如何不承认自己的行为是犯罪。

"小小，你今天倒了垃圾吗?"妈妈在问。

我吓了一跳，脸都发热了。

"早就倒干净了。"我惴惴地回答，不知自己为什么这么慌。

还好，小五过来叫我去跳橡皮筋，我的情绪立刻放松了。

我们将皮筋扎在两棵树之间。跳啊，跳啊，直跳得满头大汗。

我又向小五学了一门新技术，跳起来灵活多了。

站在那里歇一歇时，我告诉小五说，下午可以一块去书摊看图书。

后来我发觉自己并没有心安，总会想起那次冒险，梦里都梦到有人会来抓我，已经动身了，我得马上躲起来。那是我第一次，也是最后一次卖报社的废报纸。就像鬼使神差一样。干了那一回就再也冲动不起来了。有点奇怪。

一种特殊的表演

我从三岁的时候起就热衷于表演。但是在我小的时候，那种表演是很特别的——我在脑海里进行表演。因此没有任何人知道我所上演的戏剧。

有时候，一个人待在房间里时，我就开始表演了。我家里起火了，到处是烟，而我外婆生病了，行动不便，我搀扶着她，同她一道跑出了房间。我们两个人多么快活啊！

有时候，在半夜，一只老虎在后面追我。我跑啊，跑啊，跑得喘不过气来。然后我闭上眼睛，对自己说："跳！"我真的从悬崖上跳下去了。但我知道我不会死。当我醒来时（我总是在关键时刻醒来），我发现我活着。

我上小学的时候到了。我的老师是一位很穷的年轻男老师，他的外貌不好看。似乎没有年轻女人乐意嫁给他。我坐在教室里听他的课，但我在走神。我想帮助他，使他快乐。有一天，我写了一篇很漂亮的作文。作文写得如此之好，以至于在学校里引起了轰动。人们相互询问："她是谁的学生?""文老师的学生! 文老师的学生!"文老师和我多么快乐，我们去操场上散步。我们说呀说呀……当然这种事在真实生活中并没有发生。

当我长大起来时，那些表演就持续得更久，情节更复杂了。

到了十三四岁，我就开始读小说与科幻小说了。有些书籍很不错。读了小说后，我很想爱上某个人。但哪里有人可以让我爱? 我家很穷，当局已经让父亲去劳动教养了（在图书馆做清洁工）。平时，当我外出遇见别人时，大部分人都给我白眼。此外，我已经失去了上学的机会!

所有这些意味着我只能同周围的两三个女孩有来往。于是，大部分时间我都待在家里。我每天去一个小食堂买饭回来吃，一天两次。一天（那是一个阳光灿烂的日子），我从食堂回来时，看见一个健康的男孩在操场上打篮球，他看上去比我年纪大一点，我觉得他很漂亮。我的脸因为害羞而涨红了。当然，他根本没注意到我——男孩们总是那样的。到了夜里，躺在黑暗中，我开始表演我和他的"邂逅"。我是如此的兴奋，我们在一块的情景反反复复地出现。我设计出种种的情节，在这些情节里，我和男孩总是面对面地在交谈着。

我的天堂生活延续了整整一个夏天。我每天都要经过操场，我仔细地倾听跳动的篮球发出的响声，当我倾听时，我不敢朝那个方向转过我的脸，我必须装作我一点儿都不注意他。他是多么敏捷而有活力啊！他的身体多么美！昨夜我还同他一块在公园里呢。我们坐在草地上，看鸽子从天上飞过。像那个时代的所有少年一样，我们不敢相互触摸，我仅仅用目光触摸他。

时间飞逝，有一天，他不再出现在操场上了。他永远不再出现了。但我的表演又延续了一年。

我直到三十岁才开始写作。那之前我做过"赤脚医生"，街道小工厂的工人，还当过代课教师。我成为作家之前的最后一份工作是个体裁缝。我为什么学习做服装？一个原因是我和丈夫都想赚钱来养活小孩和自己。最主要的原因却是我要更多一点钱来维持我的写作——表演。表演是我从孩童时代开始的理想，我从未有哪怕一瞬间忘记这件事。我丈夫支持我实现我的理想。时间就是金钱。

我们俩同时开始根据裁剪书学习裁剪和缝纫。我们每天从清晨工作到半夜。半年之后，我俩成了裁缝。我父亲的那套房子变成了我们的工厂。我们甚至雇用了三个帮手，不久就开始赚钱了。那是一九八三年。在城市里，那时只有少数人干个体户。但我们成功了。

就在我们成功的同一年，我开始在缝纫机上写小说。有一件奇怪的事发生了，这就是，我发现我在写小说时不需要事先思考情节与结构，不论是很短的还是较长的作品都一样。我只要一坐下来就可以写，从来不"考虑"如何写。白天里，顾客来来往往，总是打断我的写作。我的时间是破碎的：十分钟，十五分钟，最多半小时。到了晚上，我那四岁顽皮的儿子几乎占去了我的全部时间。然而就在这些十分钟，十五分钟，或半小时里，我居然写出了一个小长篇——我的处女作。作品中的情节十分连贯，是一个完美的整体！

我是如此的吃惊，我没料到我能够做到这样：当我想要表演时，我就表演；当我决定停止时，我就可以停止。但事后我又可以随时回到那种意境，这是多么奇怪的事！我想也许我有点像古代的诗人，他们喝着酒，到野外的风景中去写诗。就好像他们想写就能写。但我又不完全同他们一样，因为好像有种逻辑的力量在推动我的笔，我写下的任何词或句子都是"正确的"，不可能犯错误。所有的情节与对话都是那么贴切，那么美，正如我孩童时代的那些表演！同那时的唯一区别是，现在我的表演是更加头脑清醒，内含着更大的决心了。

也许我就像美国的舞蹈家邓肯，我的表演是世界上最自然的事，不需要事先设计。当我不再需要为金钱操心时——那是我创作了五年之际——我就给自己定下了一条规则：每天创作一小时。这个时间通常在上午（有时也在晚上），当我跑完步之后。刚好一小时，不多也不少。无论我是写短篇还是长篇，我总是提笔就写，流畅地写完一小时，之后便不再做任何修改了。在写之前我只需要想一两分钟，第一个句子就会出现。第一句带出第二句，然后第三句……啊，我多么快乐！

越写得越多，我越想写。我的小说王国变得越来越大，它的边界向各个方向延伸。我渐渐地明白了，这是灵魂和肉体交融时的舞蹈，这种舞蹈是停不下来的，永远停不下来。我身上所发生的另外一件事是自从我开始正式的表演之后，我的个性发生了大大的变化——我变得越来越明朗了。我一贯热爱世俗生活，而现在，我对生活的爱愈发加深了。每一天的日常活动都变得如此美好：在厨房里做饭；在房间里打扫卫生；洗衣服；帮助儿子完成家庭作业；去菜场里买菜；举着雨伞在雨中跑四公里……我的日常生活获得了完美的节奏，我的身心充满了活力。我感到我过着一种双重的生活。我的日常生活给我的表演生活提供能量；我的表演生活给我的日常生活赋予意义。我深爱这二者，实际上我将这二者看作同一件事的两个方面。直到今天我还是这样看。

有时我会回忆我孩童时代的表演，于是我会问自己：为什么会发生表演？为什么只有它们给我带来最大的快乐？后来，当我渐渐变老时，我就知道了答案：这是因为我想要活得充分，因为我想要我的身体和灵魂一道起舞。我是大自然的女儿，一个如此灵敏的女儿，甚至在不到三岁时就听到了母亲的呼唤。那呼唤来自黑暗的深渊，很少有人能够听到它，而我听到了。当我成年时，这种特殊的能力却给我带来了巨大的责任感和义务感。

在我的写作生涯中，我有过这样的经验，这就是除了我自己以外，还有一些人在他们年轻的时候也听到过大自然的召唤，但他们没有聚精会神地去聆听这种声音，所以他们错过了它，再也听不到它了。举例说，在二十世纪八十年代的中国，有几位作家写出了非常美丽的实验小说，但三四年之后，他们都转向了传统的写作。对于一位作家来说，要自始至终全神贯注于这种特殊的表演活动是非常困难的。世俗生活中的诱惑太多了，如今一位著名作家想要获得金钱和名声是很容易的——只要抛弃实验创新，选择现实主义讲故事的老旧方法，或尝试写电影和电视剧。几乎我所有的曾经的同路人都选择了那条宽敞的大路。

然而我相信我自己是不同的。从一开始我就只为理想而写作。那么对于我，理想的生活是什么样的呢？我认为应该这样：每天表演一次，决不无故停演；读美丽的书籍；享受日常生活——性，美味的食物，舒适的衣服，锻炼身体。简言之，我要使我的生活总是快乐，使我的心灵和肉体对于世界充满好奇心。那也意味着我必须保持身体的健康。钱是重要的，因为它能买到时间，延长我的生命

（我有严重的风湿病）。但我总是懂得我要过一种值得我过的生活。

我为自己感到自豪，因为我这种表演需要很大的才能和勇气，很少有人能像我这样持续下去。对于我这类作家来说，灵感并不是唯一的，除了灵感，你还得具备一种强有力的理性能力，因为你必须进行一种特殊的思考，这种思考不是通常的推理，我将其称之为"物质性的推理"。也许这听起来有点神秘，但看看我每天的表演以及我孩童时代的表演吧，也许你会获得一些线索。

"物质性的推理"不仅仅是思索，它更是实践。那也是为什么我将它称之为"表演"的原因。在表演的氛围里，当你运动你的肢体时，你的行动遵循着严格的逻辑性，你通过你的感觉体验到逻辑的结构。你越进行实践，结构就呈现出越多的形式。就我的经验来说，假如你渴望看见那种结构，你就必须经常进行操练。如果你对自己放松了，很可能一两年内那结构就会完全消失。这种事发生在我的两三个同行身上。当他们年轻的时候，他们在实验小说的创作方面才能都很高。我想，大自然对于人类是公平的，她总是给予你你自己配得上的礼物，一些人于不知不觉中将它丢失了。

二〇一五年，我六十二岁了，但我依旧充满了灵感。所以我对大自然充满了感恩。如今，除了一年参加一两次文学活动，我几乎每天写作。写作给我带来强烈的自信，使我的身体保持健康。我感到我的生活正在变成某种音乐。每天早上我睁开双眼，我都看到太阳以不同的方式升起。对于我来说，每一天都是崭新的一天！

白天里，我通常研究西方哲学和文学。到了晚上八点左右，我就表演一次（十年以前我将表演的时间改到了晚上）。表演持续一小时（大约写一千字），但有时四十五分钟就够了。我看着笔记本上写下的词和句子（从一开始，我就是将小说写在笔记本上），发现它们是如此的整洁。而在平时，当我签合同或写信封时，我的书写总是很丑陋，而且经常写错。我的所有的笔记本上的手稿的字迹都是清晰而又有韵律的，错误极少。它们构成美的整体。当年，在开始的时候，我并不知道我能这样写，是大自然赋予了我这种能力，她让我进行美丽的书写。实际上，我一年比一年老，当我书写时我的手会发抖，但只要开始表演，词语和句子就仿佛听到了召唤，变得充满了活力！

先王幽灵之谜

当人沉入那无边的冥府之际，就会有如先王的幽灵这样的鬼魂来同他相遇，这令人恐怖的幽灵，自身却处在深重的痛苦之中，地狱之火煎熬着他，未尽的尘缘仍在做反叛的妄想。他看上去信念坚定，目的明确，内面却包含着隐隐的无所适从。幽灵失去了肉体，他必须借助人的肉体来实现他的事业，幽灵要做的，就是对人的启蒙。然而人与幽灵相遇的可怕场面，现在是发生在大白天，发生在阴沉的丹麦城堡的平台之上了。追求人格完美的丹麦王子哈姆雷特，在一个特殊的时刻，当他的精神支柱濒临崩溃之际，走到他的命运的转折点上，这就是所谓的灵魂出窍。先王的幽灵给这位忧郁的王子指出的那条路，是报仇雪耻，让正义战胜邪恶，可是这桩事业却有着深不可测的底蕴。那是一条危机四伏、陷阱遍布的路，一条人走不下去，只能凭蛮力拼死突破的绝路，先王的幽灵究竟是谁？他对哈姆雷特的启蒙又是如何完成的？这就要追溯哈姆雷特精神成长的历史了。

毫无疑问，哈姆雷特具有一种异常严厉的性格，他容忍不了自己和他人的丝毫虚伪。他从小给自己树立的典范便是他那高贵的父亲——一位地上的天神。当人在青年时代崇拜某位偶像般的个人时，他已经在按照偶像的模式塑造自身的灵魂。王子凭着青春的热血与冲动越追求，便越会感到那种模式高不可攀，而自己罪恶的肉体，简直就是在日日亵渎自己要达到的模式。那样一位独一无二的天神般的父亲，显然只能存在于哈姆雷特的精神世界里，他是哈姆雷特自身人格的对象化，是人要作为真正的"人"存在于这个世界的不懈的努力之象征。然而哈姆雷特人格的发展终于遇到了致命的矛盾：当他用理想中的标准来看待自己，看待他的同胞时，他发现他已无法在这个世界存身，也失去了存身的理由。黑暗的丹麦王国是一个灵魂的大监狱，他早已被浸泡在淫欲的污泥浊水之中，洁身自好的梦已化为泡影，所有青年时代的努力与奋斗都像尘埃一样毫无意义。可是在这个关键时刻，先王的幽灵却要他去做那做不到的事，即活下去，报仇雪耻，伸张正义。现在已很明显，先王的幽灵正是王子那颗出窍的灵魂，王子用彻底的理想主义塑造了多年的最高理念的化身。幽灵来到人间，为的是提醒人不要忘记理想依然存在，也为告诉人，险恶的前途是人的命运，因为今后的生涯只能在分裂的人格中度过，"发疯"是活下去的唯一的方式。幽灵没有将这些潜台词说出来，只是用咄咄逼人的气势逼迫王子去亲身体验将要到来的一切。启蒙从王子一生下来便开始了，也就是说王子的精神世界一开始就在幽灵的笼罩之下，此次的现身或相遇则是启蒙的最后完成，人和幽灵从此分隔在两个世界，遥遥相望，却不可分割。这样的境界是一般人承受不了的。所以王子的好友说：

想想看，／无论谁到了这种惊险的地方，／看千仞底下那一片海水的汹涌，／听海水在底下咆哮，都会无端的／起种种极端的怪念哪。①

王子迈出了第一步，从此便只能走下去了，这腐烂的世界以及他自己腐烂的肉体对他已没有任何意义，可他还不想死。他开始了另一种虽短暂却辉煌的"发疯"的生活。在这种特殊的活法里，所有内部和外部矛盾都激化到了最后阶段，处在千钧一发的关头，但结局一直被"延误"。似乎有种种外部的原因来解释哈姆雷特的犹豫和拖延，深入地体会一下，就可以看出那只是肉体冲动在遇到障碍时的表现方式，障碍来自内部，灵魂满载着深重的忧虑，难以决

---

① ［英］莎士比亚著，卞之琳、曹禺、方平译：《哈姆雷特》，浙江文艺出版社 1991 年版，第 289 页。

断，只能等待肉体的冲力为其获得自然的释放。这一点在先王的幽灵身上就已充分表现：

> 我是你父亲的灵魂，/判定有一个时期要夜游人世，/白天就只能空肚子受火焰燃烧，/直到我生前所犯的一切罪孽/完全烧尽了才罢。我不能犯禁。/不能泄露我狱中的任何秘密，/要不然我可以讲讲，轻轻的一句话/就会直穿你灵府，冻结你热血，/使你的眼睛，像流星，跳出了眶子，/使你纠结的发鬈鬈分开，/使你每一根发丝丝丝直立，/就像发怒的豪猪身上的毛刺。/可是这种永劫的神秘决不可/透露给血肉的耳朵。听啊，听我说！/如果你曾经爱过你亲爱的父亲——①

已经消灭了肉体的幽灵仍然难忘自己在尘世的罪孽，他受到地狱硫黄烈火的惩罚，痛苦不堪，但即使是如此，他也仍不收心，要敦促哈姆雷特去继续犯罪。他深知王子的本性（"我看出你是积极的"），因为他的本性就是自己的本性。潜伏在幽灵身上的矛盾是那样尖锐，但他自身已无法再获得肉体，他只能将这个绝望的处境向哈姆雷特描述。他要他懂得尘世的腐败是无可救药的，他要他打

---

① ［英］莎士比亚著，卞之琳、曹禺、方平译：《哈姆雷特》，浙江文艺出版社1991年版，第291页。

消一切获救的希望；而同时，他却又要他沉溺于世俗的恩仇，在臭水河中再搅起一场漫天大潮。幽灵知道他给哈姆雷特出的难题有多么难，他也知道哈姆雷特一定会行动，并且会在行动时为致命的虚无感所折磨，以致时常将目的暂时撇在一边，因为王子的内心有势不两立的两股力量在扭斗。而幽灵自己的话语，就是这两股力的展示。他刚向哈姆雷特描述了自己罪孽的深重，惩罚的恐怖，接着马上又要他去干杀人的勾当；他在说话时将天上的语言和尘世的俗语混为一谈。只有幽灵才会这样说话，也只有幽灵才具有这样巨大的张力。而当人要在世俗中实施这一切的时候，人就只能变得有几分像幽灵，却还不如幽灵理直气壮。幽灵不为王子担心，他知道他是"积极的"，至于怎样达到目的并不重要，重要的是活的意境，那种可以用"诗的极致"来形容的意境。此意境是他给爱子哈姆雷特的最大的馈赠，所有的高贵之美全在这种意境中重现。当然，高贵之美同下贱之丑恶是分不开的，正因为如此，已无法实现这种美的幽灵才寄希望于陷在尘世泥淖之中的王子。总之，王子在听完他的讲述之后眼前的出路就渐渐清楚了：只有疯，只有下贱，只有残缺，是他唯一的路（他自己倒不一定意识到那是达到完美的路），否则就只好不活。"疯"的意境充分体现出追求完美的凄惨努力，人既唾弃自己的肉体和肉体所生存的世界，又割舍不了尘缘，那种情形同地狱硫黄烈火的烤炙相差无几。对地狱的存在持怀疑态度的哈姆雷特的"发疯"，正是他执着于人生，不甘心在精神上灭亡的表演，这样的经典表演在四个世纪之后来看仍然是艺术的顶峰。

这样看来，哈姆雷特所处的酷烈的生存环境与其说是由于外部历史的偶然，不如说主要是由他特殊的个性所致。也就是说，具备了此种特殊气质的个人，总会有这样那样的"偶然性"来促成其个性向极端发展。请看这一段反复为几个世纪的读者引用的自白：

> 有些人品性上有一点小小的瑕疵，/或者是天生的（那也怪不得他们，/因为天性并不能自己作主），/或者是由于某一种特殊的气质/过分发展到超出了理性的范围，/或者是由于养成了一种习惯，/过分要一举一动都讨人喜欢，/这些人就带了一种缺点的烙印/（天然的符号或者是命运的标记），/使他们另外的品质（尽管圣洁，/尽管多到一个人担当不了，)/也就不免在一般的非议中沾染了/这个缺点的溃烂症。一点点毛病/往往就抵消了一切高贵的品质，/害得人声名狼藉。①

一个人追求完美可以到这样的程度，这个人就等于是失去了任何自我保护的能力，赤身裸体在长满荆棘的社会上行走，因而时刻

---

① ［英］莎士比亚著，卞之琳、曹禺、方平译：《哈姆雷特》，浙江文艺出版社1991年版，第287页。

有可能遇到致命的伤害。人之所以能够生存，就因为他拥有自欺的法宝作为自我保护的武器，这种前提在社会中成为强大的惯性，让人能够忘却，能够沉溺于尘世短暂的欢乐。但任何时代总有少数的个人，他们不满甚至痛恨自身的现实，企图摒弃自欺，奋起追寻那永远追不到的真实，这样的人便成为人类灵魂的代表。灵魂向肉体复仇的模式就是这样在这些精英身上不断重演的。哈姆雷特最后死在爱他的兄弟的毒剑之下，而不是被仇人所杀，这种天才的剧情安排内涵深邃。凡灵魂上的创伤，往往来自所爱的人。在结局到来之前，哈姆雷特就有两次受到致命的伤害。一次是由他的爱人莪菲丽亚给予的，另一次是由他的皇后母亲给予的，两次伤害都以他心如死灰告终。

莪菲丽亚的美丽、纯真、对爱情的专一，以及她梦幻一般的青春少女的气质，是戏剧史中的千古绝唱，她的悲惨的结局让多少人伤心落泪。然而莪菲丽亚并不是仙女，她也是一名社会的成员，她身上打着这个社会的烙印，她的眼前蒙着那块欺骗的布。所以当在幽灵的启发之下换了脑筋的王子再次同爱人相遇时，她的言语、她在骗局中所扮演的角色，或者说她的"社会身份"便深深地刺伤了王子的心。他看到理想中的爱人一下子变得那般虚伪、造作、俗不可耐，于是理想破灭了，就像眼前一黑，光消失了一样。爱转化为无比的愤怒和恶意的挖苦。莪菲丽亚错在哪里呢？她并没有错，她仍然深爱哈姆雷特，"错"的是哈姆雷特自己。他用天上的标准来衡量地上的凡人，他要破除人活着的必要前提。他没有向爱人做解释就在内心悲哀地承认了失败，他在失败的结果面前只好忍痛同自己的世俗欲望告别，这欲望就是前面提到的"小小的瑕疵"的根源。同样的标准也用来衡量他自己：

> 我非常骄傲，有仇必报，野心勃勃；随时都在转的大逆不道的念头、多得叫我的头脑都装它们不下，叫我的想象力都想不尽它们的形形色色，叫我找不到时间来把它们一一实行哩。像我这种家伙，乱爬在天地之间，有什么事好做呢？我们都是十足的流氓；一个也不要相信我们。①

但他还是不顾一切地要坚持十全十美的、以先王幽灵为象征的标准，于是世俗的活法成为不可能，他只好在失败中独饮幻灭的苦酒。这样一种自觉的承担与选择当然是深思熟虑的。在莪菲丽亚结束生命以前，哈姆雷特已经死了，告别了世俗欲望的他已不再是完整的人，是他用他的理想杀死了爱人，也杀死了自己，这样的死是为了追求美的极致。

---

① ［英］莎士比亚著，卞之琳、曹禺、方平译：《哈姆雷特》，浙江文艺出版社1991年版，第335~336页。

皇后是一位平凡的女人，她爱哈姆雷特，也爱当今的皇上。她身上的"弱点"是人人都会有的，即肉欲和虚荣。也许她真的不知道真相，也许她不愿承认真相，更可能的是她处在模棱两可的知与不知之间，这种含糊的状态就是人的处境，她的形象的塑造妙就妙在这种未做交代的不明确性上头。但正是母亲的这种生存方式（像动物一样只顾眼前的方式），将哈姆雷特的心撕成了两半，如不是先王幽灵给予他理智，他在盛怒之下差点杀害了母亲。在哈姆雷特的火眼金睛里，母亲是：

把日子/就过在油腻的床上淋漓的臭汗里，/泡在肮脏的烂污里，熬出来肉麻话，/守着猪圈来调情——①

如此的严厉是针对母亲也是针对他自己的，真相是每个人都没有活下去的理由和资格……那幽灵逼得好苦啊！他奋力突围，但突不出去，这所阴沉的大监狱真是把人变成鬼的地方，当然只是对觉醒的人而言。觉醒的人就是处在人和鬼之间的人，他可以随意在两界来来往往。所以哈姆雷特随时可以同先王的幽灵对话，母亲则只看见一片空白。母亲只能在逼迫下拿掉遮在眼前的那块布，短暂地

①　［英］莎士比亚著，卞之琳、曹禺、方平译：《哈姆雷特》，浙江文艺出版社 1991 年版，第 363 页。

注视自己的灵魂，不可能按哈姆雷特给她指出的路去生活，那条路对她来说意味着死或变成僵尸。撇开她自身的本能欲望不说，难道她还能对那位多疑而残忍的当今皇上不忠吗？她也不可能具有王子的勇气，那种在祷告以外的时间随时凝视真实的超人勇气。所以在这个宫廷的牢笼里，人只能苟且偷生，哪里有沸腾的生命力，哪里就有令人发指的罪恶，要彻底杜绝罪恶的王子也只好牺牲。王子的牺牲当然不是消极的，而是在矛盾的心情下同罪恶作决死的一搏。他终于用生命做代价突出了重围，用超脱的眼光来看也可以说是以恶抗恶，或者说是让生命之力在爆发中毁灭。没有比这更符合他的理想的结局了。

最后，哈姆雷特为什么一再犹豫，以致差点延误了报仇大业的原因全清楚了。一切根源都在那善于自相矛盾的幽灵身上。幽灵给王子指引的生活，实在是一种比死还难过的生活。人世间的地狱迅速地抽空了他活下去的意义，鬼魂则逼着他用想象出来的意义（即鬼魂授予他的天机）来获取精神上的生存。这样的事业难就难在人并没有完全变成鬼魂，人也不再是完整的人，因而人的每一步都既为虚无感所折磨，又为实在感而痛苦。两股强烈的情绪在灵魂上轮流拉锯，造成了他行动上的再三犹豫。那就像是先王幽灵将自身隐藏的矛盾传给了哈姆雷特，通过他将这人性永恒的矛盾在尘世的大舞台上激化到顶点，让生命的壮烈和艺术的张力留下不朽的篇章。

复仇之路就是内心的一场拉锯战，激情内耗在自省的推理之中，留下"之"字形的痕迹，那种生命律动的痕迹。文明人的复仇是何等的艰难啊！但生命的冲动和精神的发展毕竟是不可抵挡的，四百年前发生过的奇迹在后来的时代里又不断得到了延续。丹麦的宫廷是一所监狱，也是一个舞台，台上表演的是人类文明的精华，扭曲的人性从重重阴谋的镇压之下凸显出来，以其纯净的光芒照亮着人心。那宫廷，不就是莎士比亚那阴沉又热烈的内心吗?

险恶的新生之路

——《哈姆雷特》分析之二

一　同幽灵交流的事业

人是无法同灵魂进行交流的。但任何时代里都有那么一小撮怪人，他们因为对尘世生活彻底绝望，又不肯放弃生活，于是转而走火入魔，开始了一种十分暧昧，见不得人的事业。哈姆雷特从正常人到"疯子"的转化过程，就是这个黑暗的事业逐步实现的过程。表面身不由己，被逼被驱赶，实则是自由的选择，血性冲动的发挥。

同幽灵的交流是一场革命，亡魂的出场直奔主题：它全副武装，让空中溢满了杀气；它这个挑起矛盾的祸首，对外人不感兴趣，一心扑在哈姆雷特身上，因为只有王子的肉身是它的寄托；它要掀起一场大风暴，造就王子分裂的人格。而在世人眼中，神秘的幽灵以先王的外貌现身，既高贵威严，又令人恐怖。因为一般来说，世人只会在极特殊的瞬间看见幽灵，即所谓"遭天罚"的瞬间，那种不自觉的不期而遇一般也不会改变人的生活。只有王子，在灾变的前夕已具备了革命的条件，也就是说，他萌生了抛弃这由阴谋构成的世俗生活的想法，又还没有彻底了断来自尘缘的冲动，他必须从幽灵那里获得精神的动力，来解决自身的矛盾。

哈姆雷特所处的社会生活的现状，由在位的国王做了这样的描述：他刚刚毒死了哥哥，举行了哥哥的葬礼，紧接着又举行盛大的婚礼，娶了哥哥的妻子。

> 仿佛抱苦中作乐的心情，/仿佛一只眼含笑，一只眼流泪，/仿佛使殡丧同喜庆、歌哭相和，/使悲喜成半斤八两，彼此相应,①

这也是人在任何社会中的现状，人只能如此生活。但是哈姆雷特是那个社会里的先知，他不甘心就范，对他来说，与其在污浊中随波逐流，打发平凡的日子，他毋宁死。在求生不可，欲死不能的

---

① ［英］莎士比亚著，卞之琳、曹禺、方平译：《哈姆雷特》，浙江文艺出版社1991年版，第271页。

当口，幽灵出现了。由地狱之火炼就的幽灵，它不是来解救哈姆雷特的。谁也救不了他，他需要的是革命，是分裂。把自己分成两半的过程就是在最终的意义上成人的过程，否则哈姆雷特就不是哈姆雷特，而只是国王，只是王后，只是大臣波乐纽斯。那种成长的剧痛，可说是一点也不亚于地狱中的硫黄猛火。在煎熬的持续中，人只有发狂。幽灵的责任就是促成王子的自我分裂，在分裂中，王子必须一次又一次地同幽灵交流，不论幽灵在场和不在场，那种交流的努力不能中断。

父王的过世便是王子人格分裂的开始，他突然发现，自己已经脱离了所有的人，站在一个十分危险的境地。他不能再同自己的亲人与爱人一道生活，因为生活便是对死者的亵渎；他的心事也无法讲出来，因为它们属于不能表达的、黑暗的语言，只能藏在心中。自由人的承担就这样落到了他的肩上。热血的哈姆雷特不光承担，他还要行动。当幽灵间接地向他发出邀请时，他表白道：

如果它再出现，再借我父王的形貌，／哪怕是地狱张开嘴叫我别作声，／我还是要对它说话。……①

①　［英］莎士比亚著，卞之琳、曹禺、方平译：《哈姆雷特》，浙江文艺出版社1991年版，第280页。

93

他的话充分体现出拼死也要同幽灵沟通的决心。父王要他干什么呢？在他已无法生活的情况之下，父王的幽灵偏要他去干那最不可能的事——不但要他继续同恶人搅在一起，还要他搞谋杀。只有身兼天使与魔鬼二职的幽灵才会如此自相矛盾，让欲望在冲突中杀出一条血路。幽灵要求王子的只有一点："你要记着我。"对王子来说，记住它便是记住自己的心，记住自己的躁动，记住自己的爱和恨，还有什么能比这记得更牢？在同幽灵的沟通中成长了的王子，终于看清了自己要承担的是什么，用行动来完成事业又是多么的不可能。血腥的杀戮首先要从自己开始，也就是撕心裂肺地将自己劈成两半，一半属于鬼魂，一半仍然徘徊在人间。也许这种分裂才是更高阶段的性格的统一；满怀英雄主义理想的王子一直到最后也没有真的发疯，而是保持着强健清醒的理智，将自己的事业在极端中推向顶峰，从而完成了灵魂的塑造。

二　有毒的爱情

莪菲丽亚描述道：

　　他握住我的手腕，紧紧的，不放开，/伸直了手臂尽可能退回去一点，/又用另外一只手遮住了眉头，/那么样仔细打量我的面容，/好像要画它呢。他这样看了许久。/临了，轻轻地抖一下我的手臂，/他把头这样子上上下下点三次，/发出一声怪凄惨沉痛的悲叹，/好像这一声震得他全身都碎了，①

这是哈姆雷特割裂自己的成人仪式，还有什么比这更痛呢？告别终究是免不了的，他要进入人鬼之间的境界，那里容不得属于世俗的爱情，不管这爱情是多么强烈。这样做的后果是发疯；他的疯，既是伪装，也是本真的崭露，二者之间的衔接天衣无缝。

幽灵使哈姆雷特换了一双眼睛。站在不同的境界里，王子看到了他那理想中最美的爱情的阴暗龌龊的一面。两极总是相随，爱情的光焰越是绚烂，其褴褛、凄惨的另一面越是令人心酸。并非王子从前对此完全无知，只是现在的灾变使他重新开始了对爱情本质的认识。没有从天而降的、无缘无故的爱，莪菲丽亚也不是天使，只是一个普通的、家教很好的姑娘。如果王子的爱不是暴风骤雨般强烈，而是比较温和，也许他就能容忍莪菲丽亚身上的世俗之气。而事实是，他不能容忍她，也不能容忍自己；他必须要把自己弄得走投无路，将他的爱人也弄得走投无路，以这样一种极端的形式来爱，以自戕来表明心迹。这一切，都是由于同幽灵那场可怕的对话

---

① ［英］莎士比亚著，卞之琳、曹禺、方平译：《哈姆雷特》，浙江文艺出版社1991年版，第304页。

而起；见过了幽灵，杀气便在王子的体内升腾。不知情的莪菲丽亚没有发现爱情的质变，也不知道温文尔雅的爱人已经魔鬼附体，她成了这一场发狂的爱的牺牲。由此可见，幽灵并不是要哈姆雷特远离爱情，而是要他将世俗的爱情提升，即所谓"爱到发狂"。在幽灵的境界里，人一爱，就必然要发狂；人承担着自身的冷酷，用滴血的心，用不能表现出来的爱来爱。哈姆雷特式的爱也就是艺术境界中的爱。几百年以前的先辈早已通晓了爱的本质，他把成熟、独立的爱发挥到极点，让人们领略其中那阴郁可怕的内核；他让主人公建议他的爱人去进尼姑庵，以此来了断孽缘；然而他又并不让这孽缘了断，而是让纠缠越来越紧，最后以生命的消失告终。这种提升了的爱也可称为有毒的爱，一切都被毒化，都带着淫荡与猥亵的意味，对于主人公这样的心灵来说，与其爱，倒不如死。幽灵不让他死，要他活着来将这被毒化的爱情发挥到底，那就像上刀山，下油锅。透过王子那些爱情的疯话，读者可以感受到他内心熔岩般的热力，和坚冰一般的冷峻。人是如何样将这两个极端在灵魂里统一起来，造就了奇迹般的性格的呢？沉睡在每一个人体内的幽灵，一旦起来兴风作浪，会演出什么样的恐怖与壮美呢？难道不值得尝试一下吗？

莪菲丽亚的悲惨命运衬托出王子内心苦难的深重；她越是不知情，越是无辜，王子越是心痛，其过程犹如将一颗心慢慢地撕成两半。她的天真、温柔和纯洁无不提醒着王子关于虚伪、阴谋和毒计的存在，二者的不可分就如阴和阳，就如一个钱币的两面。而不管知情还是不知情，罪恶是先天的生存格局。只有那些异常的性格的人（如王子）才会去反抗。就这样，作为知情者的王子，用自己的手去毁灭了他最珍爱的人。一半盲目一半清醒，魔鬼附体的他不假思索地犯下了深重的罪孽；只因为体内火山爆发使然，只因为血管里流淌着前世的冤孽。

三　人心是一所监狱

上帝造我们，给我们这么多智慧，/使我们能瞻前顾后，决不是要我们/把这种智能，把这种神明的理性/霉烂了不用啊。可是究竟是由于/禽兽的健忘呢，还是因为把后果/考虑得过分周密了，想来想去，/只落得一分世故，三分懦怯——①

结局一直在延误。当然不是由于世故，也不是由于怯懦，而是由于作为一个活人，王子没法脱离生活。生活是什么？生活就是内心的两个对立面的厮杀，那种厮杀发生在以丹麦王国为象征的心的

---

① ［英］莎士比亚著，卞之琳、曹禺、方平译：《哈姆雷特》，浙江文艺出版社1991年版，第378页。

监狱里，既阻碍着，又推动着王子的事业的最后完成，"之"字形的，由一张一弛造成的轨迹就是厮杀过程中留下的。

幽灵给王子指出了复仇之路，实行起来才知道复仇的含义是寸步难行。于是冲撞，于是在冲撞中自戕，于是在自戕中同幽灵进行那种单向的交流，把"复仇"两个字细细地体味。原来复仇却是自身灵魂对肉体的复仇；凡是做过的，都是不堪回首，要遭报应的；凡是存在的，都是应该消灭的；然而消灭了肉体，灵魂也就无所依附，所以总处在要不要留下一些东西的犹豫之中。首先杀死了莪菲丽亚的父亲，接着又杀死了莪菲丽亚（不是用刀），然后再杀了她的哥哥……细细一想，每一个被杀的人其实都是王子的一部分，他杀掉他们，就是斩断自己同世俗的联系，而世俗，是孕育他的血肉之躯的土壤。尘缘已尽的王子终于在弥留之际向那虚幻的理念皈依。那过程是多么恐怖啊，囚徒高举屠刀突围，砍向的是自己的躯体。然而又怎能不突围呢？怎能怀着满腔的冤愤不明不白地活或者死？人心啊，究竟是怎么一回事?！为什么冲动和理智总是恰好相反？为什么它们之间的拉锯已持续了几千年，还没有锯断坚强的神经？为自己造下监狱的囚徒，他到底要干什么？哈姆雷特不知道。他只能听从心的召唤，那神秘的召唤将他引向他要去的地方——黑暗的虚无，然而他还活着。活着就是延误，报仇雪耻只是理念的象征，牵引着他往最后的归宿迈步。

被幽灵启蒙之后，对心的囚禁才真正被王子意识到了。意志过于顽强的哈姆雷特没法真的发疯，所有的"疯"都是被意识到了的，即使是事后的意识。然而这种"疯"又同俗人常说的"装疯卖傻"完全不同，因为它确实出自心的冲动。一边冲动一边意识，这就是"监狱"的含义。确实，如果没有强力的、自觉的监禁，灵魂的舞蹈就没法展开，连理念也会随之消失。

人是多么了不起的一件作品！理性是多么高贵！力量是多么无穷！仪表和举止是多么端整，多么出色！论行动，多么像天使！论了解，多么像天神！宇宙之华！万物之灵！①

为了朝这个大写的"人"的方向努力，哈姆雷特才自愿将自己变成囚徒的，否则就只能成为"乱爬在天地之间的"东西。丹麦城堡里长年见不到阳光，到处散发出腐败的霉味，但它里面确实也孕育了像先王和哈姆雷特王子这样的，如太阳般灿烂的一代英才，他们发出的光，刺破了世纪的乌烟瘴气，显示了人性不灭的真理。这样的监狱是阴森的，也是高贵的。

---

① ［英］莎士比亚著，卞之琳、曹禺、方平译：《哈姆雷特》，浙江文艺出版社 1991 年版，第 317 页。

一个糊涂蛋，可怜虫，萎靡憔悴，/成天做梦，忘记了深仇大恨，/不说一句话；全不管哪一位国王/叫人家无耻地夺去了一切所有，/残害了宝贵的生命！我是个懦夫吗？/谁叫我坏蛋，打破我的脑壳，/拔下我的胡子来吹我一脸毛？/拧我的鼻子，把手指直戳我的脸/骂我说谎？①

延误中的每一刻，心都要受到这种严酷的拷问、煎熬，监狱的刑罚官铁面无私，人是无处可逃的。人在逼迫下一步步交出他最心爱、最珍贵的一切：爱情、亲情、友谊，直至最后交出肉体。不要设想会有丝毫的赦免，相反，刑罚只会越来越可怕，如果你的意志承受不了了，你就只能放弃做一个"人"的努力，沦为单纯的"乱爬在天地之间"的家伙。所谓"英雄本色"就是这种无限止的忍耐力，这种致命的钳制之中的冲动——每一次的冲动都被自己冷酷地扑灭，到头来仍然要死灰复燃，向命运发起更猛烈的冲锋。由此哈姆雷特的命运形成了这样的模式：忍耐——爆发——再忍耐——再爆发。如果不是戏剧的需要，这个过程是不会终结的。爆发只是一瞬间的事，而忍耐，构成了他的日常生活，他成了历史上最忧郁的王子。

---

① ［英］莎士比亚著，卞之琳、曹禺、方平译：《哈姆雷特》，浙江文艺出版社1991年版，第328页。

啊，从今以后，/我的头脑里只许有流血的念头！①

王子的这句话是痛悔自己的拖延，也是激烈的敦促。决心尽管
已下，人却改变不了自己的本性。以哈姆雷特所受的教养，他的坚
强的理性，他的深邃的思想，他注定了只能有"哈姆雷特"式的复
仇。住在哈姆雷特体内的幽灵当然也早就洞悉了这一切，他没有给
王子任何具体的指教，只是简单地要求他"记着我"。当然这句话
也是多余的，先王就是王子的魂，它将最激烈的冲突，最热的血全
盘遗传给了王子，王子又怎么会忘记呢？复仇是什么？复仇就是重
演那个古老的、永恒的矛盾，即在人生的大舞台上表演生命。而真
实的表演又不是一步可以达到的东西，它是一个没有结果的、惨痛
的过程。所以在幽灵的描述里，王位、社稷等被抛到了一旁，它一
心只想对王子谈它的仇和恨，以启动他内在的矛盾。仇恨激起来
了，幽灵的目的也达到了。处在同一个精神模式中的先王和王子，
他们的精神世界正是人类精神长河发展的缩影，这部戏剧所具有的
不衰的生命力也就在此。敢于囚禁自己的艺术家，其作品必然闪烁
着永生的光芒。

---

① ［英］莎士比亚著，卞之琳、曹禺、方平译：《哈姆雷特》，浙江
文艺出版社 1991 年版，第 379 页。

四 "说"的姿态

在这一场悲剧的自始至终，哈姆雷特可说是完全忽略了世俗意义上的"现实"，什么王位，什么国家的前途好像都不在他的考虑之内，他以作者的艺术自我现身，将焦点全部放在人心这一件事上头，于是他自然而然成了人性的探险者，并且一旦开始这种无畏的探险，就决不回头。一个人，既然已看透了人心的险恶，已不对生活有任何幻想，为什么还要活在这世上呢？当然是为了那桩最伟大的事业——"说"的事业。在黑暗污秽的映衬之下来说人的梦想，人的向往，人的追求；不仅用嘴说，最主要的是用行动来说，来表演给世人看。他要让大家知道，他是多么不甘心死去，他追求的那个世界又是多么真实的存在。请看他对企图自杀的好友霍拉旭怎样说：

霍拉旭，这样子不说明真相，/我会留下个受多大伤害的名字！/如果你真把我放在你的心坎里，/现在你就慢一点自己去寻舒服，/忍痛在这个冷酷的世界上留口气/讲我的故事。①

---

① ［英］.莎士比亚著，卞之琳、曹禺、方平译：《哈姆雷特》，浙江文艺出版社1991年版，第425页。

他并不是自己要死的，虽然活比死难得多，他的心却没有死的冲动，只有求生的挣扎。自从高贵的父亲的死给他举行了成人仪式以来，他所做的一切，就是如何样在阴森的监狱中存活，不光存活，还要把有关生命的一切告诉大家，以受难的躯体来为人们做出榜样。通过他的口头与形体的述说，人们看到了心怎样在可怕的禁锢中煎熬，爱情和亲情惨遭扼杀，极度的愤怒与仇恨和对这愤怒与仇恨的无限止的压抑，以及没完没了扑灭生的欲望的制裁。所有这一切，在催生着那个大写的"人"。也许在世俗的现实中，哈姆雷特永远达不到"人"的形象的标准，在他身上发生的事毋宁说是刚好相反；但在心灵的现实中，在王子那倔强的"说"的姿态里，"人"的形象已脱颖而出——一个比先王更坚韧、更执著的形象，一个新诞生的年轻的幽灵。

再想想王子说过的："人是多么了不起的一件作品！理性是多么的高贵！力量是多么的无穷！仪表和举止……"①

他自己不能，我们大家也不能成为他说的那个"人"，只有说的姿态在展示着未来的可能性。

---

① ［英］莎士比亚著，卞之琳、曹禺、方平译：《哈姆雷特》，浙江文艺出版社1991年版，第317页。

爱情与死亡

——读《罗密欧与朱丽叶》

用今天的人的眼光来看，罗密欧和朱丽叶的故事似乎是有点不可思议。在这一个凄婉的爱情剧中，除了恋人之间那火热的表白之外，其他的一切都完全被死亡的阴影所笼罩。更奇怪的是，这死亡正是两位恋人共同追求的东西——以死来表明心迹。毫无疑问，这种高纯度的爱情代表了诗人心中的理想；而剧中的主人公为实现他们爱的理想，把生命都看得毫不足惜；这既体现出他们体内沸腾的生命的热度，他们个性的高贵，也体现出对于爱的最高境界的极端化的、不顾一切的追求。在这一点上，罗密欧和朱丽叶可说是旗鼓相当，一拍即合。爱，是内在生长的原始之力，死，是这力的最后归宿。

在那一见钟情的凯普莱特家的舞会上，朱丽叶仅凭着与罗密欧短暂的接触就说出这种令人震惊的表白：

要是他已经结过婚，那么坟墓便是我的婚床。①

这种话让世俗中人瞠目结舌！她不知道他的名字，也不清楚他的身世，彼此交谈不过四五句，只是在舞会上玩笑似的同他接了两个打破礼节的吻。但是这就够了，他们两人都从对方身上认出了自己。这个自己，就是那从未得到过展示的胆大妄为、一追到底、死不回头的个性。这种个性用不着解释，身体的接触比什么都能说明问题。火一般热情的、刚烈的少女朱丽叶一开始就领悟了本质性的东西，知道自己所要的那个人非他莫属，也隐隐地感到爱情从此摆不脱死亡的阴影。这种局面丝毫没有使她畏缩，因为她那高贵的心使她从来就将爱情看得高于自己的生命，并且这种看法是不由自主的。这样的爱当然超凡脱俗：

罗密欧啊，罗密欧！为什么你偏偏是罗密欧呢？否认你的父亲，抛弃你的姓名吧；也许你不愿意这样做，那么只要你宣誓做我的爱人，我也不愿再姓凯普莱特了。②

------

① ［英］莎士比亚著：《莎士比亚全集》第五卷，译林出版社1998年版，第113页。

② ［英］莎士比亚著：《莎士比亚全集》第五卷，译林出版社1998年版，第117页。

朱丽叶这种对爱情的信念当然不是空穴来风，这是由她特异的个性同冷漠的现实碰撞，在十四年里头逐步建立起来的信念，只是从前她不自觉罢了。爱情唤醒了她的自觉意识，她决心同现实对抗，用生命来换取理想。爱，就如同岩浆一样在她年轻的躯体内喷发，她身不由己，明知有危险，还是一次次跑回窗前不断向罗密欧表白。在两人的爱情中，欢乐是那样的少，刻骨铭心的痛苦贯穿了始终。这痛，是他们爱的标志，每一瞬间都活在死亡的威胁中，爱因此变得超级浓缩。朱丽叶大逆不道地同罗密欧私奔到教堂结婚了，现实和家规都根本不在这个自作主张的小姑娘眼中。但她清醒地知道自己同罗密欧的爱只能属于黑夜，他们所做的，是要用性命来付出代价的事，她没有对这个吃人的现实存一星半点的幻想，即使马上就死，她也要忠于爱情。

　　　来吧，黑夜！来吧，罗密欧！来吧，你黑夜中的白昼！因为你将要睡在黑夜的翼上，比乌鸦背上的新雪还要皎白。来吧，柔和的黑夜！来吧，可爱的黑颜的夜，把我的罗密欧给我！等他死了以后，你再把他带去，分散成无数的星星，把天空装饰得如此美丽……①

_____

① ［英］莎士比亚著：《莎士比亚全集》第五卷，译林出版社1998年版，第143页。

·

　　这种爱情的呼唤同时也是不祥的死亡的呼唤，未来已在她那聪慧的头脑的意料之中了，她看到了它，她渴望投入到它里面，她的热血所达到的极境令世俗者望尘莫及。人，尤其是以爱情为生命的女人，生来便具有理想至上的倾向，以及为完美而不顾一切的冲动。罗密欧从窗口的绳梯下降去逃命时，朱丽叶说道：

　　　　你现在站在下面，我仿佛望见你像一具坟墓底下的尸骸。①

　　她已经清清楚楚地看见了死神。凭着敏锐的直觉，她知道他们短暂的爱情正滑向那永久的黑夜，她愿同她爱人一道在那最后的目的地安息。但她还活着，所以必须抗争。很快父母就来逼她嫁给她所不爱的人了，形势已无可挽回。她不想死，因为放心不下爱人，可是她做了死的准备。劳伦斯神父为她策划了逃过死亡的计谋。她横下心战胜恐惧，喝下了安眠的酒，被抬进墓穴。然而命运的差错却又使得她的爱人丧生。这个时候，她和他的爱情便走到了尽头，也达到了顶峰，只剩下她自己那个关键性的动作了。她勇猛地将匕首刺进年轻的胸膛，倒在了爱人的身上。如流星划过天际，她那短

　　----------

　　① ［英］莎士比亚著：《莎士比亚全集》第五卷，译林出版社1998年版，第154页。

暂而美丽的光芒照亮了人们的心房。人们震惊地发现，原来爱真的可以超越一切，包括越不过去的死亡的鸿沟；原来人真的可以与死亡为伴，活在最最纯净的境界里。

罗密欧也是世俗中的一个异己，他走向成熟的爱情的道路不如朱丽叶那么直接。他首先爱上的是冷美人罗瑟琳，那是一种少年的自恋似的单相思，这样的相思往往是真正的爱情必不可少的前奏。当他在舞会上遇见同样充满了渴望的朱丽叶时，两颗激情的心便撞出了耀眼的火花。还有什么能比这种青春的狂热的爱更动人？还有什么比这迅速升华到天堂的情感更神圣？罗密欧于刹那间明白：爱情真的降临了，由于他长期的执著，也由于他的虔诚。眼前的朱丽叶是这样的美，这样的投合他的心意，苍白的罗瑟琳没法同她相比。在那个奇异的夜晚，他看见的是朱丽叶，也是他自己，每一句话，每一个动作都是那样的心心相印，自恋由单相思提升到了真正的身心交流，没有了朱丽叶，他自己也活不成。所以当他后来杀了人被亲王放逐时，后悔不及的他觉得生命已没有了意义，因为放逐的生活里不可能有朱丽叶。神父劝阻了他自杀的举动，告诉他自杀就等于是杀死朱丽叶，为了爱人，他必须强打精神活下去，等待时来运转。于是漫长的折磨开始了。虽然他们被迫分开，但现在两人就好像是一个人，一方遇难，另一方也将死去。他们之间并没有任何约定，却好像从头至尾处在约定之中。朱丽叶的噩耗传来时，他首先想到的就是尽快回到爱人身边，然后同她死在一起。这个同样以爱情为生命的男人，一点都不比女人逊色。他买下毒药，骑上快马向他的爱人飞奔；他像追求爱情那样去追求死亡。在他那临终的眼里，前方的死亡就是爱的目的地，除了死在爱人的怀里，他别无他求，因为这个冷酷的世界不让他们活，也不让他们爱。他虽骑在马上，心已经全部死了。他用自己那死人一般的躯体同巴里斯格斗，杀死了他，闯进朱丽叶所在的墓穴；然后又用死人一般的手葬了巴里斯，用死人一般的目光问候被他杀死的提伯尔特；最后，用死人一般的嘴唇亲吻着朱丽叶喝下了毒药。他终于在无限痛苦中追求到了他所要的无限的幸福，在同死亡的合一中得到了永生。罗密欧作为一个男人的形象在今天看起来是很陌生的，只有那最最热烈的诗人的心灵，才能诞生这样的形象。他同朱丽叶都是属于天堂的人。这个世界不适宜他们，他们至死不屈，做了叛逆的冤魂。但说到底，天堂不正是属于像他们这样的世俗生活的叛逆者的吗？

他们从未想到过要同他们所面对的现实周旋或妥协，对于他们俩来说，现实是一道死亡之墙，他们在热恋中根本就对它视而不见，但在深深的心底，两人都知道墙是越不过去的。虽然朱丽叶也曾抱着幻想喝下神父调制的安眠药，罗密欧也曾怀着希望在外地苦等，那只是出于生的本能。从一开始，两人不约而同对这爱情的预测便是以"没有好结果""大不了一死"这样的基调为前提的。知道自己很可能死，却还要惊天动地地爱一回，这是青春爆发的热力绘出的风景，在这炫目的风景面前，死亡隐退了。谁不愿意享受幸福？由此可以推测出他们所处的是一种什么样的生存环境，或许就正是这样的生存环境，才会产生如此凄美纯净的爱情，因为只有这种极致的爱可与它抗衡，否则爱就根本不能存在。由此又令人想到作者的爱情理想正是他对于精神处境的自我意识，想到人如果不能如剧中的主人公那样拼死一搏便什么也不是，古往今来都是如此。面对死亡的爱在现实中是很难行得通了，但艺术的生存中，我们仍然可以一次次演习罗密欧与朱丽叶的不朽的故事，用我们的热血一次次向这个充满了恶的世界发出宣言。

迷人的野性与苍白的文明

——读《安东尼与克莉奥佩特拉》

> 你们埃及的蛇是生在淤泥里，晒着阳光长大的。你们的鳄
> 鱼也是一样。[①]

被安东尼称之为"古老的尼罗河畔的花蛇"的克莉奥佩特拉女
王，在这个五幕剧中，将那种令人神往的野性的魅力，做出了前所未
有的展示。在这位埃及女王的艳丽光照之下，文明的旗帜是那样的萎
靡不振，这种情形不止一次地使人怀疑起文明的意义的所在来。

埃及明媚的阳光里出生的克莉奥佩特拉，一生都是为爱情而
活，她的妖媚，她的热烈，她的无穷无尽的精力，令一切文明社会
里的淑女们黯然失色，变成了木偶。女王不受任何道德观念的约
束，她的心就是她的通行证，而这颗热烈的心里面，对爱情有着超

①　[英]莎士比亚著：《莎士比亚全集》第六卷，译林出版社 1998
年版，第 237 页。

出常人的贪婪与执著。罗马三雄之一的安东尼，就是同这样一位美丽的女人坠入了情网。让我们想象一下在安东尼身上发生了什么。

在他体内的某一部分沉睡了几千年的那种欲望，现在是被彻底地调动起来了，他置身于从未有过的奇境之中，不能自制：

> 生命的光荣存在于一双心心相印的情侣的及时互爱和热烈拥抱之中；（抱克莉奥佩特拉）这儿是我的永远的归宿；我们要让全世界知道，我们是卓立无比的。①

可是安东尼的豪言壮语并不能马上在现实中实现。他既是热烈的情人，又是戴着文明桎梏的男人、军人、统治者，他必须在这两者的分裂当中受煎熬。于是我们看到，剧中有两个安东尼，他们的所作所为背道而驰。从本性来说，女王的倾城的魔力对于他是一副"坚强的埃及镣铐"，只要置身于她的怀抱，他就忘记了一切，将爱情当作他生活的唯一的意义。但安东尼是在文明社会里成长成今天这副样子的，他虽醉心于克莉奥佩特拉的爱，却又从道德观念出发将他在埃及的艳遇看作自己的一次堕落，一次对国家、人民和妻子的背叛。所以他行事遵循的是两种准则，起先这两种准则就像井水

---

① ［英］莎士比亚著：《莎士比亚全集》第六卷，译林出版社1998年版，第198页。

不犯河水似的，到后来野性的力量逐渐在心中占了上风，二者的那种纠缠便弄得他完全乱了方寸，做出一系列不可思议的事。

安东尼对克莉奥佩特拉的爱是分阶段地、逐步地变得不顾一切，最后甚至将生死都置之度外的。这中间当然有外部条件的作用，但主要还是由于内心无法抑制的那种渴望所致。剧情一开始，田园诗般的背景衬托着充满野性的激情，在女王的怀抱里，享受着从未有过的爱的安东尼对于文明社会中的一切（爱国主义的责任和义务）感到无比的厌倦，他要在眼前这种单纯的爱情里抓住生命的意义，因为他已经不再年轻了。但警钟忽然敲响了，信使将他妻子死亡的噩耗带来，几十年的环境教养的力量立刻就令爱情隐退，让自责与悔恨充满了他的心头。在这第一个回合中，情欲被打败了，安东尼回到自己的国家，重新履行自己作为君主的义务。在这整个的过程中，安东尼的形象显得是那样的"正常"，就像他是同小凯撒没有区别的人，就像他从不曾到过埃及一样。为了平息战事，也为了自己改邪归正，他娶了小凯撒的妹妹，他打算从此洗手"从良"了。当然在暗地里，他一定还是将他在埃及的艳遇深藏于心底，既当作大逆不道的耻辱又当作极乐的、能激发他强大情欲的秘宝。他从未想过要娶埃及女王，因为她是被排除在道德之外的尤物，另一个世界里的魔女，仅仅同欲望和爱有关的女人。安东尼回到罗马就是从梦里回到了现实，那梦是天堂，但天堂是"正常"人进不去的。

安东尼在自己的国家统治得并不顺利，与情人的分离也让他郁闷不堪，为了与小凯撒对抗，并表明对他的蔑视，安东尼又一次投向了埃及女王的怀抱，而且这一次比上一次远为彻底。他抛弃了凯撒的妹妹，他的明媒正娶的夫人，从此踏上了追求爱情的不归路。脱离他所习惯了的一切，安东尼又一次沉浸在梦境之中，只是在这个时候，他才发现，这个梦已成了他生活的全部。而且这个梦在慢慢地失去甜蜜、慵懒的色彩，变得酷烈起来，因为文明的社会里不再有他这个叛逆的容身之地，因为以小凯撒为代表的统治者，将要对他实行严厉的制裁。失去了根基和准则，安东尼的行为变得古怪起来，现在他的一举一动都听克莉奥佩特拉的将令，而女王的行为，从来是不受所谓理智的支配的。于是像意料中的那样，他在对凯撒的战斗中大败而归。世俗意义上的失败，对于他和女王的爱情来说，其实正是向那辉煌的高度与最后的归宿挺进，爱情渐渐有了悲壮的调子：

你知道你已经多么彻头彻尾地征服了我，我的剑是绝对服从我的爱情的指挥的。①

---

① ［英］莎士比亚著：《莎士比亚全集》第六卷，译林出版社 1998 年版，第 260 页。

不要掉下一滴眼泪来，你的一滴泪的价值，抵得上我所得而复失的一切。给我一吻吧，这就可以给我充分的补偿了。①

　　安东尼已经大大地改变了，他遵循同从前相反的逻辑做人，他的毁灭成了定势。而这种心甘情愿的毁灭，是他同女王的爱的最高意境。"我在这世上盲目夜行，已经永远迷失了我的路。"文明的归路已从他脚下消失了，从此他所做的一切都是听从心的指挥。从心出发，他要求凯撒同他进行"剑对剑的决斗"。但在凯撒看来，这个要求是毫无理性的，是愚蠢的、野蛮人的方式。

　　安东尼之死也是符合爱情的逻辑的。他没有死于凯撒的剑，却由于疑心与嫉妒，不幸死于女王的一个恶作剧。他的死，是双方对于对方爱情深度的最后测试，他用生命给女王交上了完美的答卷。看起来好像是偶然事件，实际上早就注定了是这种结局。性格暴烈的安东尼，一直对女王极不放心，因为他深知她贪婪多变的性情，他总在要求她证实自己的忠诚，与此同时他自己也在不断地向她证实他的忠诚。他们双方都明白，最终的证实只能是死。所以在被逼到走投无路之时，女王就躲进了陵墓，诈称自己已死；安东尼则在闻讯之后自尽。爱情的本质就是一个不断证实又无法最终证实的过

---

　　① ［英］莎士比亚著：《莎士比亚全集》第六卷，译林出版社1998年版，第260~261页。

程，当事人在这个过程中的痛苦体验就是爱的实现。

在灵魂偃息在花朵上的乐园里，我们将要携手相亲，用我们活泼泼的神情引起幽灵们的注目；狄多和她的埃涅阿斯不再有人追随，到处都是我们遨游的地方。①

对于那个世界的梦想源于这个世界的痛苦的死结没法解脱。倒不一定是安东尼特别多疑，而是爱情本身的虚幻性和女王的多变与狡诈使他走了极端。安东尼总在嫉妒小凯撒，因为小凯撒比他年轻，后来又比他更有权势，他担心克莉奥佩特拉一旦同小凯撒见面，就会投入他的怀抱。他的担心不无道理。那么为了爱——他现在唯一的活着的支柱，他能做什么呢？他能做的，就是将他们两人这种惊世骇俗的爱推向最高的阶段。当他这样做的时候，克莉奥佩特拉即使心中有非分之想，也被扫到了九霄云外，因为她是最能体验安东尼的英雄主义的爱的，她自己也是不顾一切地追求爱情完美的。于是女王痛上加痛，推波助澜，两人共同实现了他们的信念。维持爱情的唯一法宝就是发展它，安东尼和克莉奥佩特拉以惊涛骇浪似的情感起伏展示了这样一种发展的典范。

---

① ［英］莎士比亚著：《莎士比亚全集》第六卷，译林出版社 1998 年版，第 286 页。

至于克莉奥佩特拉，这位埃及的美女，欲望的化身，内心同安东尼是大不相同的。她没有受过安东尼那样的教养，文明的观念在她心中十分淡薄，她的欲求也更为直截了当。她爱安东尼，爱他的超出常人的热情和力量，只有同他厮守在一起的时候，她的生命之花才无比艳丽；一旦离开了爱人，她就会枯萎、厌世。她从来不认为她这种光明的爱情是一种罪过，她对安东尼的背叛总是无比的愤恨与悲伤。即使在安东尼离开她的日子里，她也在日夜策划，不择手段地打探，从未放弃过夺回爱情的努力。很显然，森严的罗马文明是很难长出这样的罪恶之花的，这也是安东尼离不开女王的根本。谁能抵御得了这种野性的魅力？

　　阔面广颐的凯撒啊，当你大驾光临的时候，我成为了这位帝王的禁脔，伟大的庞贝老是把他的眼睛盯在我的脸上，就像船锚抛下海底永远舍不得离开一般。①

可以想象这位风流女王有过多少情人，多少次天翻地覆的爱情！她的欲望有点像我们俗话所说的："吃着碗里，看着锅里。"同

①　［英］莎士比亚著：《莎士比亚全集》第六卷，译林出版社1998年版，第213页。

样也可以想象，要系住这样一位女人的心，对方将要具有什么样的超常的能量和热度！就因为安东尼的热情同她旗鼓相当，她才能对他魂牵梦萦。按直觉行事的她，永远对这位爱人不放心。她知道他身上的"文明病"是怎么一回事，她一直企图用自己的热情来驱走他体内的怪物，以便有一天独占这位英雄。为达到这个目的，她可谓用尽了她所拥有的那种民间智慧。没有谁比她更能揣测安东尼的内心了，爱情使她将每时每刻都变成了思念与牵挂。她那么爱安东尼，荒唐的文明社会却让安东尼在同她热恋的期间去和别人结婚。既然她阻止不了那件事，她就只能藐视那个婚姻，坚持她自己的权利。此外正是安东尼的背叛，将她的爱情之火扇得更旺，得不到的东西渴望才会更厉害。

　　不久安东尼就顺从爱情的强大力量回到了女王的身旁。重逢后的安东尼有了很大的改变，这种改变大部分要归于她的影响。在此后的战事里，安东尼不再是为自己的领土、国家和人民而战，而是仅仅就是为女王而战。失败已经可以看得见了。对于克莉奥佩特拉来说，战争意味着什么呢？那显然是同罗马人眼中的战争完全不同的。她不懂，也不想去弄懂这种文明人的高级的自相残杀的规律，对于她来说那种事是疯狂的。所以她一旦亲临战斗，立刻吓得掉转了船头往回逃跑，于是为女王而战的安东尼，也理所当然地跟在她后面逃回来了。这虽然荒唐，却十分合乎情感的逻辑。安东尼，这位勇敢的主帅，居然逃跑！连他自己也不知道为什么。其实原因十分简单：战争的性质已于不知不觉中改变了。女王不懂罗马人的战争，女王感兴趣的是那种单对单的用剑决定胜负的决斗，她认为那才是体魄、力量和智慧的展示。她多么希望她心爱的安东尼同小凯撒进行这样一场决斗啊！要是安东尼刺死了小凯撒，她会更加神魂颠倒地爱他；要是反过来小凯撒刺死了安东尼呢？最终她一定会投入小凯撒的怀抱吧。因为这就证明了这个小凯撒不愧是她那位前任情人的骨血。然而她失望了，那个苍白的文明的化身根本就不打算接受决斗，只有满脑子的关于战争的计谋与策划，他感兴趣的不是从人格和体格上战胜安东尼，却是夺取国土、征服人民，成为独裁者。克莉奥佩特拉一直到最后才真正看穿这个与自己格格不入的小人，她对他那种出自心底的憎恶也就是自然而然的了。

克莉奥佩特拉为爱情而活，但决不"从一而终"，毋宁说她的野性使她风流放荡，见异思迁。当然这并不等于她就像妓女一样没有原则，她的原则就是心的召唤。她热恋安东尼的同时，的确也产生过勾引小凯撒的念头，也许她想重新领略自己青年时代的激情吧。可惜小凯撒完全不像他伟大的父亲，那位女王过去的情人，他的所有的行为均让她失望，最后终于发展到憎恶。这就可见安东尼要征服这样一匹野马有多么困难，那一次又一次的嫉妒情感大爆发既加深着他们之间的情感，又像催命的鼓点一样，赶着这一对情侣往死路上奔。安东尼越是发狂，克莉奥佩特拉越是觉得刺激，她身不由己，将爱情的游戏变成了死亡的游戏。否则还能怎样呢？他们之间的爱，从一开始就决定了不会有平静的时光。安东尼投身于埃及的欲海之中，再也没有返回他的祖国，他比从前那位凯撒更为决绝，就为了这个，克莉奥佩特拉才终于"从一而终"的吧，因为只有他配得上她那奔放热烈的爱。安东尼的情感临死前在女王爱情的渗透中升华了，如此嫉妒而暴烈的他，终于在深爱中达到了忘我，他没有要求克莉奥佩特拉随他去死，反而带着无比怜惜的心情要她小心自己，并永远记住他的好处。时隔不久，克莉奥佩特拉便以同样的举动回应了他的爱。死，对于这一对情侣来说，是解脱也是他们长久以来的向往，为了脱离这不完美的现实的痛苦。

剧中关于埃及的诗意的讲述同充满了阴谋的险恶的罗马形成鲜明的对照。在常年征战而灵魂干瘪的罗马人看来，那块奇异的土地上的人们就像生活在仙境中，没有人与人之间的尔虞我诈，土地无比富饶，到处充满爱情，而埃及的女人，简直就是造化的奇迹，没有一个罗马的武夫不被她们所征服。或许是因为文明的重压不堪忍受，那种地方才格外令人神往，并且在罗马人口中得到美化。罗马人谈及埃及的时候，立刻会想到自己国土上的战火硝烟，中了邪似的分裂与兼并，想到这里没有大自然，也没有热烈的爱情，只有无穷无尽的邪恶的策划，冷冰冰的残杀。这样的文明究竟有什么意义呢？安东尼回国之后的遭遇令他无比愤懑和厌倦，在自己的国家里越是失意，他的心就越向往着古老迷人的埃及。终于他抛开了一切，投奔到给他生命力的唯一的所在。一直到死，他口里喊着的都是"埃及"，而不是自己的祖国。说到克莉奥佩特拉，安东尼身上最初吸引她的肯定是那种异国的文明的风度，对于老凯撒、庞贝和安东尼身上的风度，她总是不知厌倦地被深深地吸引。她是那么欣赏他们对于妇女的优雅的风度，以及那种英雄主义的勇敢无畏。可是随着她同罗马之间的纠缠的发展，她才渐渐地明白了那种文明的冷血和凶残。小凯撒便代表了罗马文明的这一面，她对他由仰慕而渐渐发展为憎恶的过程，就是她对罗马文明认识的过程。所以她最后以死抗争，绝不让凯撒将她带往那监狱似的罗马。凯撒在整个过程中显得是那样的无耻和虚伪，但作为罗马人来说，他并没有错，他受的是罗马教养，脑子里全是那种观念，当然不能赞同埃及人的情感。他认为自己宽大、仁慈、体贴，是一名堂堂的君子。克莉奥佩特拉则认为他的这种仁慈比死还难受，所以她只想速死。在戏的结尾，凯撒打败了安东尼，征服了埃及，然而这种征服是另一种意义上的惨败。

黑暗的爱

——读《城堡》之三

一见钟情的奇遇

K 的爱情充满了浓郁的理想色彩，这种理想色彩并没有给他的爱情生活带来光，反而使它呈现出一派阴暗、沮丧和绝望的景象。无论何时，他在爱情中看待对方和自己的目光总是为一样东西所左右，理想与欲望缠得那么紧，二者轮流占上风，每一次突破的胜利都是一次放弃的溃败。毫无疑问，K 情欲强烈，只不过他的情欲无论何时何地都渗透了城堡的气味，甚至发展到把理想当生活。这一前提使得他与弗丽达的爱情一开始就显出了不祥之兆。

在贵宾酒店，走投无路的 K 与少女弗丽达邂逅，一见之下便为她深深地吸引。她身上吸引 K 的到底是什么呢？用世俗的眼光来看，她长相平凡，缺乏魅力。但 K 的眼光是介于世俗与城堡之间的；用这种眼光来看弗丽达，她与众不同，优越而高傲，正是 K 心底梦寐以求的情侣。她那自信的目光一落到 K 身上，便将饥渴的 K 完全征服了。接下去他们迅速地进入了正题的确认。正题是什么？正题就是克拉姆，克拉姆就是他们两人共同的理想，就是他们情欲产生的前提。弗丽达，这个不起眼的、瘦小的女招待，变戏法似的将 K 拽到了窥视她梦中情人的门上的小孔旁，这个小孔是她的特权。于是 K 通过小孔看到了他朝思暮想的人物。在这场奇遇中，弗丽达从不废话，她与 K 的相通就好像是前世决定的；她的目光落到 K 身上时，K 觉得这目光"似乎已经把所有与他有关的事统统解决了"，可见这种默契该有多么深。就双方来说，弗丽达当然比 K 更为自觉，更为深谋远虑，而 K 的敏感的本能也成了他们之间爱火的助燃剂。从门上的小孔里，K 企图弄清里面的真相，他仔细打量，一切还是使他迷惑；接着他向弗丽达探问详情，弗丽达再次提醒他她是克拉姆的情妇，她的提醒在 K 的眼中更加提高了她自身的价值。于是情欲开始在 K 体内高涨，他变得急不可耐，一个争夺的计划也在他脑子里产生。对于 K 这样的人来说，爱情必定是双刃的剑。他和弗丽达因为共同的追求双双坠入爱河，他却又要利用这爱情去实现他的目标，这就不免显得卑鄙。从弗丽达这方面来说情况也很相似，只是她在追求上比 K 先走一步；她早就爱着克拉姆，那是种抽象的、忠贞不贰的天堂之爱；她在那个爱的位置上已待了很久，现在来到了一个转折点，在这个转折点上，她要用同 K 的人间的爱情来证实对克拉姆的抽象之爱，即在肉欲的燃烧之际体验天堂，体验城堡的意志。而这一切，又正是克拉姆的安排，即看你能跳多高，能跳多高就尽力去跳！她体验到了吗？她的确体验到了，她的肉体烧得发昏，她变成了一团火，真是人不可貌相啊。被情欲弄得完全迷失了自己的 K 也同她一样，滚在肮脏的小水洼上，进入了极乐销魂的境界。这是爱情的最高境界，在那种境界里，人摆脱了一切累赘，在短时间里成为自由的神，相互间的灵与肉合二而一，当然那只是极短的瞬间。紧接着自身的灵与肉就开始分离了。弗丽达的快感还在持续，她以背叛克拉姆（得到克拉姆默许的背叛）为兴奋剂，仍在沉迷之中。而 K，高潮一过立刻被令他沮丧的反省弄得索然寡味了。他记起了他的事业，他刚刚萌生的计划；而他刚才的行为，显然是与事业和计划背道而驰的。他眼前一片昏暗，他觉得两人全完了，因为他们背叛了克拉姆，离城堡更远了。弗丽达不这么看，她目光清澈，她说："只有我一个人完了。"她更了解爱情的奥秘，凭着克拉姆授予她的天才直觉，她知道这奥秘就是：她必须"完了"，才能体会到天堂；必须在对克拉姆的违抗中体会克拉姆的意志。所以她用力擂门，高声叫喊："我在土地测量员这儿呢！我在土地测量员这儿呢！"这就像是与克拉姆联络的暗号，克拉姆随之用沉默回答了她。

发生了什么事呢？希望破灭了吗？K通往城堡的路被堵死了吗？没有，一切都很正常，一切都在预料之中。弗丽达启动了寓言现实化的过程，她从爱情中获得了力量，空前强大起来，所以她一瞪眼就把农民吓跑了。K，尽管有过短暂的后悔，忧心忡忡，毕竟觉得松了一口气。他呼吸着户外新鲜的空气，心情舒畅了起来，似乎路途的艰难变得比较可以忍受了，因为从孤零零的一个人变为有了一个同盟军！这是他作为外乡人进入生活的第一站，也是他的现实寓言化的第一步。

曲里拐弯的内心

K与弗丽达开始了他们渴望的爱情生活。情欲是如此炽热，K就是在两个摆不脱的助手的纠缠中也能见缝插针地与弗丽达又一次沉入爱河。同时，爱情本身正在悄悄地起变化，某种目的性慢慢明确地介入了。他们各自都在对方体内寻找一样东西，情欲越高涨，寻找的渴望越强烈。他们找的是克拉姆，寻找的结果是找不到，他们相互都把对方当作了替身。K想直接从弗丽达身上找出通往城堡的希望与证实自己（克拉姆的情妇的情夫）的证据；弗丽达想通过K的身体来抓住对克拉姆的爱。但爱的虚幻本质使他们的渴望得不到满足。高潮过去之后，K 陷入了无限的迷惘之中，就在这时他不自觉地接受了老板娘对他的心理分析，这种分析阴郁而充满了智慧的娱悦。

老板娘一直在叙说真情，K 却误认为她趾高气扬（天生的不服气）。首先她与他谈到了弗丽达今后的处境问题，K 提出要与弗丽达结婚（真正确定身份的第一步）。弗丽达立刻就哭起来了，与 K 从此厮守一处使她万分幸福，她要充分体验世俗肉欲的快乐；与此同时，不能再保留克拉姆情妇的身份又让她万分痛苦，相比之下世俗的快乐黯然失色。对于她来说，哭是因为灵魂被撕裂的疼痛。她的痛苦影响了老板娘，老板娘也变得无比伤感。老板娘的分析更多的是从克拉姆这方面出发的，这使她的分析冷酷而客观。当然她也不是不理解弗丽达的情欲，她把她的情欲当成小孩子的任性而采取宽容态度，这正是克拉姆似的宽容。老板娘用对于村里一般人来说最为明白易懂的话来解释 K 自己在村里的真实处境，提醒他不要狂妄自大，每走一步都要小心谨慎，并告诉他想见克拉姆是绝对不可能的；她倒不是要打消 K 的希望，她只是要说出可怕的实情，揭去蒙在 K 眼前的布。但她将实情介绍得那样详细，以致人免不了要怀疑：她是不是为了弗丽达的利益（让弗得到成功的体验）在暗暗地挑逗 K？她不是一开始就对 K 说了"你太特别了"这样的话吗？既然一开始就看出了 K 反正是要一意孤行的，还把那告诫一遍又一遍地说下去，莫非在她骨子里头竟是生怕 K 不反抗，不遵照克拉姆的安排去突破？克拉姆是鹰，K 是地下乱爬的蛇，但这并不等于这条蛇就要乖乖地等那只威风凛凛的雄鹰来吃掉他呀。她是在搞激将法吧？老板娘的分析曲里拐弯，同样曲里拐弯的 K 领会（貌似反对）了她的好意，提出还是将布蒙住双眼去追求更好。所有的人当中最最让人搞不清的就是老板娘，她既挑逗 K 又挑逗弗丽达，她说的每一句话都是迂回的、似是而非的；分析她的话就是分析 K 内心最深奥的那个部分。

弗丽达心中的阴影是抹不去的，她越幸福就越痛苦，理想与现实平行发展。相比之下她要比 K 沉着。她从奥尔伽手中将 K 争夺过来，当然是为了尽情领略人间的情感，她要将她对 K 的爱发挥到极致，并要将这爱转化为对克拉姆的爱。失望、疼痛、沮丧，都是她要体验的；她果然真切地体验到了。这不幸的爱情很快就使她失去了往日的光彩。至于 K，这个将理想当生活的人，最初的冲动过去之后就沉溺于他的追求，而且将爱情本身也合并到那种追求中去了，这就为爱情的继续发展埋下了危险的种子。

冲突

最初的热恋过去之后，K 与弗丽达之间的爱情出现了深深的裂痕。裂痕源于两人对于理想之爱的不同追求方式：K 要勇往直前地追求，要确定身份，要会见克拉姆。他要求弗丽达协助他，属于他，同时又自相矛盾地希望她与克拉姆保持关系。而弗丽达要在原地体验世俗之爱，要维护克拉姆的绝对权威，反对 K 确定身份的妄举，希望 K 把心思只放在她身上。同时她心里也是矛盾的：盼望完全做 K 的妻子，又不能完全做他的妻子。简言之，一个要将爱情与理想追求合二而一（K），一个则要一分为二（弗）。冲突是极其痛苦的，谁也说服不了谁，因为两人的立足点不同，主张也就处处相反。又因为两人都忠于同一个原则，这种痛苦就更不能解脱了。

K 与弗丽达的冲突体现在他们同居生活的每一件小事上，对所有的事情的看法和想法两人都是南辕北辙。首先 K 就出于要痛快要超脱的冲动想赶走助手，脚踏实地的弗丽达则与助手相处得极好；接着 K 又出于妄想要拒绝小学勤杂工的工作，在弗丽达的苦苦哀求下才勉强接受；到了学校后，K 又总是不甘屈辱的生活，把事情弄糟，以致迁怒于助手，解雇了助手，大大地伤了弗丽达的心。每一次冲突时，两人都很清楚对方对自己的爱，但他们就是没法达成真正的妥协，两个人对同一件事的理解总是错位。在这种相互的折磨中，弗丽达的活力，她特有的那种决断果敢的气概，她的令人销魂的魅力，全都消失得无影无踪。当初就是由于她的这种魅力，K 才被她征服的。看着憔悴的弗丽达，K 的内心充满了忏悔。他回忆起她与克拉姆在一起时的样子，那时她是多么美啊！他使她离开了克拉姆，他给了她什么呢？只有无穷无尽的折磨。但是她所要求于 K 的，K 能给她吗？K 能够停止追求，停止确定身份的努力，与她逃走吗？就是这样做了，难道就符合了弗丽达的心愿了吗？显然是不可能的。弗丽达的心底也并不是真正要 K 停止确定身份的追求；假如真是那样，K 在她眼里也就失去了往日的魅力。那么弗丽达究竟要 K 怎样呢？说实话，她真的不知道。这就是内心的矛盾给她带来的致命的痛苦。与 K 比较，她的爱更为狂热和深沉，她在情欲冲昏头脑时甚至向 K 提议过一起出走，甚至希望过与 K 一道躺进一个狭窄的深深的坟墓，像被钳子夹紧一样紧贴着，脱离了一切干扰。当然，一旦清醒过来面对现实，这些想法又打消了。不但 K 不能抛开一切，带上弗丽达去追求，就连弗丽达自己，也不能全心全意体验爱情——克拉姆的眼睛通过助手们的眼睛在瞪着她。她迷恋这两名助手，而这种迷恋又是 K 不能容忍的，而 K 不能容忍助手们的举动又与他追求的目标相矛盾。跟着这两人的爱情轨迹向前追踪，就会发现，没有任何一件事、一个念头、一个决定体现了明确的意志；一切全在矛盾分裂之中，只有生命的本能将这矛盾推动向前发展。在那些冲突暂缓的间歇里，双方都对对方充满了感激和柔情，而同时，又酝酿着更大的冲突。这样一幅画面是奇怪的，两人分别被两种相反的力牵制而寸步难行又偏偏要行，其结果是他们缠在一起，听凭本能冲动胡乱地、磕磕绊绊地在雪地里走出些"之"字形的脚印。这就是克拉姆所期望的效果！克拉姆坐在高高的城堡里，观看着木偶般的人类在泥沼中的拙劣表演。

我们已经说过弗丽达心底并不反对 K 对理想的追求，她最初就是因为 K 的追求爱上他的。不过这追求一旦超出了一定的限度，比如说，超出了她的控制，她的爱就转化成了恨。她看到 K 利用小男孩做工具去追求，便想到 K 对她自己的利用，于是气得要命。她的态度前后不一。难道一开始她就不知道 K 对自己的利用吗？当时她为了促使 K 来利用她不是还有意抬高过自己的身价吗？而她自己，不也是看见了 K 的利用价值才坠入情网的吗？她不也是要利用 K 来实现对克拉姆的爱吗？我们看见她那铁一般的原则里有很多缺口，她和 K 就是从这些缺口所在之处来享受人生短暂的幸福的。原则的墙阻碍着爱的发展，把人弄得神经兮兮；但又正因为有了这些墙，才有了这阴郁动人的爱情绝唱。还会有谁像艺术家这样来爱呢？墙是爱的坟墓，又是将爱提高到天堂品位的唯一尺度。所以 K 就对她解释了"利用"之不可避免性与合理性。只要两人有共同的理想，手段的恶劣与方法上的不同又有什么要紧？（潜台词：离开了恶劣的手段又怎样去实现纯洁的理想？）

从 K 这方面来说又有了意想不到的发展。K 当初爱上弗丽达与他的追求是一致的，后来追求变得肆无忌惮，利用的对象也就很快超出了未婚妻，甚至情欲也有可能转向，背叛将成为不可避免。弗丽达对此当然早有预料，老板娘也早就告诉过她。她还知道 K 不会听她的劝阻，因为谁也阻止不了他。他们之间关系的结局只能是破裂。在任何事情上都比 K 领先一步的弗丽达随之采取了主动。然后就轮到 K 来愤怒了，有点迟钝的 K 就这样糊里糊涂地失去了弗丽达的爱。也可以说，这一场昏天黑地的爱终于告一段落了，我们的乡巴佬又要去寻找新的下凡的仙女了。

破裂的原因

表面的印象似乎是，两人的关系从一开始就埋下了危机的种子，破裂是迟早的事。而一进入两人的那种氛围又觉得，弗丽达大可不必马上与 K 分道扬镳。不是这么久都磕磕绊绊地过来了吗？应该在斗争中求同一嘛。是什么原因促使弗丽达下决心的呢？原来是因为 K 的注意力转向巴纳巴斯家，因为爱情上出现了新的对手。由此推测，弗丽达的隐退是得到了克拉姆的暗示的。也许她和 K 的这场爱情马拉松已经拖得太久了，情欲也不再像往日那样炽热。克拉姆希望看到的一定是火一般的肉欲，充满了挑战的猎奇，从未有过的新鲜感，就像弗丽达与 K 一见钟情的那个夜晚。这爱情对于精力旺盛的双方来说都有点儿老了，更新的时候到来了。所以在分手前夕，弗丽达恶毒地攻击巴纳巴斯家的两姐妹，甚至夸大她们在 K 心目中的地位，表面上是责怪 K，谁又知道她的真实用意呢？看来她是借指桑骂槐来突出奥尔伽与阿玛丽亚，让充满了反叛心理的 K 果真将注意力完全转移到她们身上，来完成克拉姆交给她的任务。至于她扑向助手的怀抱，那也是为了煽起 K 的嫉妒情绪，使 K 已经有点冷下去的爱最后一次变得浓烈。弗丽达说 K "不知道什么叫忠贞不贰"。她说出了 K 的本性，这本性经她一强调就更突出。她派出两个助手去巴纳巴斯家监视 K，只是为了确定 K 的犯罪事实。而她自己，在经历了这样多的苦恼之后，也需要休息了；她要回到"自己人"当中去，她要在现实中消融，回到从前的位置，在那里将幻想当生活，因为克拉姆交给她的任务已经完成了。

K 将对理想的追求当作生活，但他不是村里人，他不能像弗丽达那样在抽象的爱当中度日；对于他来说，爱一定要有肉欲做基础，也就是说，要追求就要有现实中的对象，这个对象可以是弗丽达，也可以是奥尔伽。他自己在村里没有身份，因此只能依附于一个有身份（哪怕这身份多么微不足道）的人，他的追求才能进行。不过就是在追求中，他的身份也总是在真实与虚幻之间，他似乎不是一个实在的人，只是一股冲力。又恰好是这种虚幻感在促使他不断向前冲，不在任何一点上停下。他那非同一般的爱情生活就是他体内冲动的形式。因此可以肯定，他很快又会找到新的对手，重新振奋，将他自己与城堡那种真实又虚幻的关系再次建立，全心全意投入新的追求。

在弗丽达与 K 的爱情生活中，克拉姆模糊的面貌一直到最后才露了出来。在这之前，弗丽达之所以一直心事重重，被矛盾所折磨，就是由于克拉姆那暧昧的意志（要她爱的同时又不要她爱，两种理由相等）。当我们上升到克拉姆的高度时，才发现 K 和弗丽达的结局并不是可悲的结局。无论什么样的痛苦都会过去，生命将继续延续，旧的模式的破裂意味着新的模式的产生。当然只要城堡存在，痛苦依旧。

结束语

诗人对爱情的描述，由于其抽象、含蓄，也由于其深奥的内涵，很难为人所理解。只有弄清了人物内心的底蕴，才会知道这种爱情形式产生的根源，也才会为这样一种古怪的爱情的深度与复杂性感叹不已。这就是理想中的爱情，一切全是合理的。与 K 和弗丽达的追求同时发展着的这场爱情高潮迭起，激励、引导着他们勇往直前，大大丰富了他们在追求的路上的风景。

这样一场生死搏斗般的恋爱，也使我们领略到，自从有了城堡的存在，现实中的爱已变得何等艰难，甚至不可能；而在这样的处境中仍然要爱的人，该具有什么样的强大的冲动。克拉姆在那高高的城堡上导演的这出令人叫绝的爱情戏，以其黑暗的力量，长久萦绕于我们的脑际不散。

　　　　　　　　　一九九七年十二月十五日，英才园

城堡的意志

——读《城堡》之六

肚皮战胜大脑——K 所体会到的城堡意志

城堡的意志是从不直接说出来的，无论何时，它都只是体现在村庄的氛围里。不能因此而说它没有明白表露出它的意志；相反，它处处表露，只是眼前蒙着一块布的 K 不太懂得这种表露罢了。

K 刚到村里的那天晚上就开始了试探城堡意志的历程。村里人打电话去城堡询问关于 K 是否由城堡派来这件事，回答是不爽快的。城堡先是说没有这件事，把 K 吓坏了；接下去又说有这件事，使 K 燃起了希望，从而进一步地误认为自己已被任命为土地测量员了。后来 K 又自己亲自与城堡通电话了。他想得到许可去城堡。他拿起话筒，里面传来一大片嗡嗡声，像是远方传来的歌唱；其间，又幻化出一个单一的很高的强音，这个强音要钻入 K 的体内；这就是城堡的真正回答，但 K 没有听懂，他的大脑在和他的肚皮作对。K 虽然没有领悟，他却出于本能决不放弃自己的意愿；他采取迂回的方式，通过欺骗城堡，使城堡与他接上了头，于是得到了一个表面看来是明确拒绝的回答。这两次电话中城堡已经泄露了很多东西：首先它不会承认 K 的身份，让 K 心安理得地当土地测量员；接着它马上又给予 K 某种希望，使 K 感觉到那就和承认了他的身份差不多；最后它又拒绝了 K 去城堡，但那并不等于不要 K 为城堡工作。这些回答与话筒里的那些神奇的嗡嗡声是一致的。那永远不会真正拒绝也不会确证的美妙的音乐，一定是强烈地感染了 K，所以 K 才会灵机一动，马上想出了骗人的高招，意外地与城堡取得了联系。也许城堡是对他的这种主动性感到满意，才派出信使送给他一封信，从而更加强了他与城堡的联系的吧。这封信的内容当然在本质上与那两个电话也是一致的，只是从字面上乍一看显得更明朗，更有希望。K 的"误解"又进一步发展了。

然而 K 得到这封信之后，又对信中的说法进行了一番仔细地推敲。这封信实际上是含糊不清、自相矛盾的。写信人似乎将 K 看作平等的自由人，又似乎将他贬低为渺小的奴隶，就看 K 怎么理解了。关于他的身份，写信人显然也不想确定，而是将确定身份的工作推给了 K 自己。信上透出对 K 的胆量的欣赏，同时又隐晦地暗

136

示了他将受到的严格限制，他必须遵守的义务，而从这义务来看他的地位无比低下。分析了这封信之后，K 看到了自己面前的困难，也做出了唯一可能的选择。作为外乡人的 K，竟能适应城堡那种含糊不清的表达，而且每次行动都抓住了那种意志的核心，这真是太奇怪了，这种一致是如何达成的呢？既然 K 对这种陌生的形式不习惯。答案很简单：K 的行动并不是通过大脑的指挥，而是通过本能的冲动来实施的。城堡不断地给他出难题，使他动不了，可他就是要乱冲乱撞，永不停息；这种本能正好是符合城堡的真正意志的。克拉姆的信可以理解成：你没有希望，你绝对动不了，但你必须动，否则将为城堡所摒弃。K 是用肚皮来理解克拉姆的信的，肚皮与大脑是两码事。K 的肚皮里有什么？只有一个冲动：要进城堡。

　　K 开始行动，一行动起来就马上发现，处处遇到城堡意志的抵制。起先他以为信使可以带他去城堡，后来才知道这只不过是他自己给自己设下的骗局，当局根本用不着下达命令就可以遏制他的行动。接下去他又从弗丽达身上看出了更大的希望；他在与她的共同生活中费尽了心机寻找途径，到头来证明还是一场空。城堡的意志既独断专行，又给 K 真正的自由，促使他不断"上当"。那是一种弥漫开来的氛围，不论 K 走到何处，这氛围总是凶险地说"不"。如果是一个普通人，早就被这一声"不"吓退了，K 却是一个特别的家伙。话说回来，城堡说"不"时的态度又是十分暧昧的，那不是普通的"不"，而是在说"不"的同时又反问他："真的不可能吗？为什么不试一试？除了试一试犯规你还有什么路可走？"表面的严厉后面是骨子里的纵容。这一声"不"差不多可以等于"竭尽你的全力去跳吧"。当然一切都是有限度的，城堡那张门是无论如何进不去的。不过现在离那张门还远得很呢。时间还很充裕，他尽可以从门上的小孔去窥视克拉姆，爱看多久就看多久；他也可以从克拉姆手里去争夺弗丽达，以便与他讨价还价。只是 K 在奋斗中，在取得小小胜利时总忘记那一声"不"；于是就有人来提醒他，各式各样的人轮流来向他说出这个"不"，不断给他那种盲目的庆幸心理以打击，免得他头脑发热，因为在终极目标所在之处有真正的陷阱。城堡将这样一种可怕的自由给予了 K，K 将如何来行使这种自由呢？只有傻瓜才会在这种自由里陶醉呢，工于心计的 K 看出了危险。一切全没有章法可循，眼前的情况看不清摸不透，到处隐藏着杀机，官方名义上的权力等于零，实际上的权力则是一切。如果 K 不小心谨慎，瞻前顾后，完全有可能遭到灭顶之灾。关于他的这种处境，村长又做了进一步的证实。

村长通过他的冗长的对官方机关事务的介绍让 K 明白了，想证实自己的身份是绝对不可能的。这并不是说 K 的任命是一件无关紧要的小事；相反，这件事的牵动大得不得了，差不多人人都要来关心，它受到两股势力的牵制，关于它的文件一直保留在村长家中。

138

K 不甘心，举出克拉姆的信来作证，说城堡方面早已默认了他的身份。村长向 K 指出他理解方面的种种矛盾，并告诉他这只是一封私人信件，丝毫无助于证实。村长要 K 端正态度来理解克拉姆的信，而不是专门从对自己有利的方面去理解。最后村长指出他的处境是：可以待在村里，爱上哪就上哪，但不能确定身份，所以必须小心谨慎。K 顽固不化，坚持自己的初衷，他的冥顽不化使得村长对他彻底厌倦了（很可能是假装的）。接下去 K 就冲破了村长对他的限制，也冲破了老板娘现身说法的阻挠，不顾一切地来到贵宾酒店，决心在那里等待克拉姆，他要面对面地向克拉姆问个清楚。

他在那大雪铺地的院子里等到了什么呢？焦急、紧张、沮丧、失望，当然还有自由，这就是他等到的。原来这就是他经过奋斗而获得的自由，即等的自由，爱等多久就可以等多久，只是面前那张通往城堡的小门刀枪不入。只有等他离开了，克拉姆才会到来，他们的相遇注定是要错过的。但是 K 怎能不等呢？他活着的目的实际上不就是等吗？不断地改换地点，一次次满怀希望地等，将一生分成一段一段地来等。此时的 K，比《审判》中的乡下人要幸运多了。这种激动人心、令人眼花缭乱的等待方式，完全不同于乡下人那种寂寞、冗长与单调，更不用说那些幸福的瞬间了；在那种瞬间里，人往往会产生幻觉，认为自己是一个真正的赢家！此时的 K，已变得老练了许多，灵活了许多，可说是有些不择手段了。然而，他从院子里回到酒吧，还是遭到了老板娘一顿讥笑和教训。城堡的意志再一次在这里得到暗示。那种矛盾的表达，那种叫人不知如何是好，说了也等于没说的表达，将城堡的意志弯弯绕似的由老板娘说了出来。老板娘为什么总忘不了不失时机地教训他？是为了激励他不要停止自己的奋斗吧。这恐怕是她唯一关心的。当 K 一败涂地时，她就出现了，表面上是来帮 K 总结教训，暗示今后的奋斗方向和可能遇到的阻力，再有就是打消他的幻想。而她的话究竟是不是这些意思也是可疑的。K 认为她诡计多端，像风一样漫无目的，实际上又受到远方那莫测的力量的主使，那里头的奥秘讳莫如深，从未有人窥见过。最为精通城堡事务的她，每一次的说教都是在行使传声筒的义务。

K 在遭到彻底挫败之后，城堡总忘不了给他某种补偿，或许是为了防止他消沉吧。比如让他在寒冷的院子里空等了一场之后，又派巴纳巴斯给他带来一封信，在信上克拉姆对他的工作加以表扬。这件事说明城堡并不是拒绝与他联系的；城堡只是目前拒绝直接与他打交道，一切都要通过媒介，他的愿望只能附着于中间人身上。这封信也显示出，城堡不仅不远离他，反而对他逼得很紧。但是 K 从信中看出的是危险，是那种拒人于千里之外的面孔；他已经有了看信的经验了。他回信抱怨城堡，继续提出那个不可能达到的要求——要进城堡。这时他也得到了信使的保证，答应一定将他的要求传达给城堡当局。K总算又燃起了新的希望。

巴纳巴斯拿了K的信一去不复返，K为了从他那里打探回音吃尽了苦头，连弗丽达都得罪了，弄得孤苦伶仃的。正当他在绝望中瞎摸时，巴纳巴斯又从地下钻出来了，还带来好消息：城堡的下级官员要亲自见他。接着就发生了那次伟大的会见，于半梦半醒中的会见。那是城堡意志的真正实现，也是肚皮战胜大脑，新生的幻想战胜古老沉重的记忆，从未有过的生战胜层层堆积的死的奇观。K不是被接见，而是闯入。在那夜半时分，整个酒店已变成了梦幻的堡垒，生与死就在梦中，也只有在梦中晤面了。当然这一切都是城堡的安排。在这个中间地带，一切界限全模糊起来，只有挣扎的欲望形成波涛，一波一波滚滚向前。滤去了世俗的杂质，这里的一切全是透明的，人在这种透明中只是感到昏昏欲睡，感到无法思想，因为他用不着思想了。只有在这种自觉的梦中，K才能暂时地与城堡短兵相接；接下去就遵循原则踏上了归途。这样一次探险般的经历并没有给K带来实在感，反而更向他展示了城堡机构的庞杂与不可捉摸，展示了那种他所不知道的铁一般的规律，以及人对这规律的无能为力。那就好像是针对K内心的一次示威。但K毕竟见过城堡官员了，从未有过的夜间查询都发生过了，还有什么事情不会发生呢？既然"无"没有将他吓退，"有"也压不垮他，他的戏还要演下去。怀着小小的、可怜兮兮的世俗愿望的K，所遭遇到的是整个人类的意志之谜；这种谜是只能用身体来解答的，任何高深的思想全无能为力。而作为 K 本人，旅途中永远没有答案只有体验，包括他对官员毕格尔的那种最纯粹的体验，那种让生死两界汇合的体验。城堡让 K 历尽千辛万苦到达这个边界地区，当然不会让他空手而归；该发生的都发生了，梦幻的堡垒中风景瑰丽奇诡，人生所求的不就是这个吗？问题是看你敢不敢闯进去体验，看你敢不敢做那从未有过的第一人。

　　历史性的会见结束之后，K 马上又从半空落到了底层，落到了比弗丽达地位还低的佩碧的身边，这就是城堡要他待的地方。他将在他已经熟悉的人当中，已经熟悉的氛围里恢复元气；东山再起，继续向那陌生的、虚幻的目标突进。

幻想中求生——巴纳巴斯体会到的城堡意志

　　从奥尔伽的口中，K 得知了信使巴纳巴斯原来过着一种非人的痛苦生活。这种痛苦也是来自城堡那不可捉摸的意志。用一句话来概括就是城堡在所有的事情上都要将他悬在半空，既不能腾飞而去，又不能双脚触地。巴纳巴斯的处境比 K 更惨一些。K 还可以在限制内有所行动，而巴纳巴斯的命运则似乎是纯粹地被悬置。只有一点是相同的：他们的工作都受到城堡表面的认可。

城堡从不赋予巴纳巴斯真实的身份，却让他送信；答应给他一套制服，却又不发下来。这里我们又遇到了那个怪圈，想要突破是不可能的，推理也是没有最后结果的，所有的问题都只能自问自答。谁让他自封为信使呢？是环境的逼迫；为什么不结束这悲惨的局面呢？因为他选择了城堡，城堡也选择了他。巴纳巴斯的窝囊处境使 K 很是愤愤不平，他觉得巴纳巴斯应该反抗命运，就如他自己那样。但是巴纳巴斯怎能像 K 那样行事呢？城堡对信使工作的要求与对 K 的工作的要求是不同的。巴纳巴斯作为在城堡与 K 之间传递信息的信使，城堡要求他牺牲一切，他只能永远在对自己的怀疑中战战兢兢度日，每次取得一点微小的成绩，就要陷入更大的怀疑的痛苦之中。他的生活中也不允许诱惑存在；从城堡办事处到家里，又从家里到办事处，这就是他的工作。当然他可以幻想，在这方面他有种对事物追究到底的倔劲，他的耐力与 K 不相上下。为了将克拉姆的面貌搞清，他令人难以想象地折磨自己，用一个假设来证实另一个假设，如同发了狂！为了等一封注定要让他失望的旧信，他就得警觉，就得绷紧神经，就得拿着那封信跑得上气不接下气！

　　巴纳巴斯的灵魂洁净而透明。他正是为信使这个工作而生，精明的奥尔伽灵机一动就看出了这一点。在他的信使生涯中，信件的内容从来与他关系不大；他关心的只是城堡与他打交道的形式的纯粹性，因为那是确立他身份的东西。遗憾的是城堡从来不在这方面让他抱有点滴希望，使他下一次去的时候稍微轻松一点，自信一点。城堡官员总是那同一副冷淡又不耐烦的样子，那种样子好像在说：信使可有可无。这当然伤了他的自尊心；但他不甘心，他要追求工作的效果，可效果又无一例外地令他绝望，令他自暴自弃。城堡是吝啬的，除了烦恼和痛苦什么都不给他。但是当奥尔伽理智地一分析，又觉得实情并不是那么回事。的确，巴纳巴斯该得的都得到了。整个村里不是只有他在送信吗？克拉姆给 K 的信不正是从他手上送给 K 的吗？难道不是因为他送信，全家人才有了希望吗？人不应该有非分之想，只应该老老实实地工作。巴纳巴斯想证实自己信使身份的想法正是一种最要不得的非分之想。奥尔伽的分析正是对城堡意志的分析。但是城堡真的禁止非分之想吗？为什么巴纳巴斯只要工作起来就会进入非分之想的怪圈呢？原来城堡只是要折磨他；而按城堡的预先设定，信使这项工作本身就是一项想入非非的工作。这项工作与城堡的接触太直接了。那办公室里庄严神秘的氛围，那新鲜的、不可思议的信息传递方式，怎能不让他自惭形秽，转而企图以他的身份来作为精神的支撑呢？而身份，除了他与官员打交道的形式，他手上信件的重要性，又还能从哪里体现呢？这也是城堡给予巴纳巴斯的唯一的权利，即幻想的权利。而折磨他最厉害的又是虚幻感；为了战胜虚幻感，他唯一的武器又只能是加倍地幻想。然而人的幻想的力量是多么的了不起啊！它不仅支撑了巴纳巴斯的精神，使他没有消沉，也支撑了他一家人。正是有了这种权利，巴纳巴斯才没有变成影子，才实实在在地奔忙在求生的道路上的吧。

绝境求生——一家人体验到的城堡意志

奥尔伽一家人落入绝境求生的处境是一个漫长的过程。城堡在这个过程中让这个倔强的家庭展示了灵魂的最深的苦难可以达到何种程度，而人在这种触目惊心的苦难中又能干些什么。我们跟随奥尔伽的叙述往前，处处感到城堡那凌厉的、紧逼不放的作风，那看似冷漠，实则将激情发挥到了极致的、差不多是有点虐待狂的感知方式。城堡要对奥尔伽一家人干什么？它要他们死，但又不是真的死，而是在死的氛围中生，在漆黑一团中自己造出光。

首先死去的是阿玛丽亚。索蒂尼在那封信的末尾逼问了她那个人类的永恒的问题之后，姑娘便以她勇敢的气魄和深沉的情感选择了一条比弗丽达等人更为艰难得多的道路——用拒绝爱来爱。这样的爱是永远的沉默，差不多等于无。她为什么做这样的选择？因为心气高，因为意志强。这一来的后果不光是她本人世俗情感的死亡，还造成了整个家庭的巨大灾难。城堡开始了对这一家人的剥夺，或者说这一家人在城堡的威慑之下开始自己剥夺自己。那位老父亲，将自己家里的财产全部花光了用来贿赂城堡，最后连健康也失去了。于是他成了自由人。自由人能干什么？自由人可以自己设定目标来生活。老人做出了示范，不断地无中生有，不断地造出光来照亮他们阴暗的小屋。若不是落到这种地步，又怎能体会到绝境逢生的喜悦？由于缺少上帝，老人自己就成了上帝。理解了老人，也就理解了他为什么会有这样三个倔强的儿女。这位老人本就知道背弃了城堡就要遭天罚，并且坦然地承受了命运。他采用的方式是最黑暗的忏悔——既无对象，也不知具体罪行的忏悔。这种忏悔深如无底洞。但是还不行，他还得自觉地去找对象，找罪行，一刻都不停止！他找了又找，直到他和母亲两人瘫倒在城堡大门口的石头上，再也不能动弹。奥尔伽也是死而复活的典型例子，是黑暗中的造光能手。在她这里，永远是天无绝人之路，永远有不抱希望的希望。她不但自己承担苦难，还将弟弟造就成一个信使。她的能量大得惊人，她的创造令人目不暇接。是城堡用它的意志，那种强横的意志激发了她体内的创造性吧。现在我们看到了，对于这不平凡的一家人，城堡所说的是：要么去死，要么创造，此外没有第二条路。我们还看到，穿过城堡原则的缺口，有无限的生的希望在活跃着。人必须拼尽全力，从缺口挤出去求生。

城堡的意志在任何地方都没有像在对奥尔伽一家人身上这样表

现得如此强横。在此处我们真切地感到了造光的冲动——那种伟大的瞬间的再现。每一个进入这种诗的意境的读者，都将体验到跃动的、痛苦的娱悦，和在诗人的引导下一道来创造的娱悦的痛苦。谜底终于展现出来：城堡的意志原来是人类自身那永生的意志，那扑不灭、斩不断的意志。这种意志突破思维的权限，将天堂与地狱合二而一，将透明的寓言的宫殿建造在巨大的废墟之上。而当我们定睛凝视这种意志时，它又重新化为更深奥的、永恒的谜语。

一九九七年十二月二十日，英才园

城堡的起源

当所有的"生"的理由全都被否定，人自己给自己判了死刑（如《审判》中的 K）时，人所面对的最大问题就是体内那种不灭的冲动了。一个人在那样的情形之下如果还不甘心死，还要冲动，对于他，城堡的轮廓也就在那山上初现了。由于没有理由，人就给自己制造了一个理由，那理由以自身的纯净与虚无对抗着现实的肮脏与壅塞。实际上，在先前的否定中城堡就同时在建立，只是 K 不知道而已。这样看来，城堡起源于人对自身现实的否定，也就是起源于自审。整部《审判》都在描绘着 K 如何徒劳地为自己那阴暗卑琐的"生"找理由，就是他的艰苦的寻找在证实着那种强大的法的存在，证实法也就是建立城堡。当法战胜了人的那一天，城堡的基本工程也就完成了，只是城堡还隐藏在云雾之中，要等待一个契机让 K 去发现而已。于是在一个大雪天的晚上，K 就稀里糊涂地闯进了他自己用无数痛苦、绝望和恐怖建立起来的庞然大物。他没有完全认出它，却又隐隐感到似曾相识；他自始至终将它看作自己的对手，却又到它那里去寻找继续生活的理由（从前他否定了生，现在他又在用行动否定死）；他欺骗它，违犯它，为了获得它的认可，以加强同它的联系。我们可以说，法是生的否定，城堡则是生的依据。否定了生的 K 还在继续活，他当然需要一个依据，有了依据的 K 的活法，已经大大不同于从前的那种活法了。从 K 的身上，从城堡的其他人物身上，我们都可以看到那种相似的认知风度。那是一种毫不留情的甚至是残酷的自我批判的风度，一种严厉地将自己限制在狭窄范围内生活的决心，从那当中城堡的气味弥漫出来，使人回忆起关于起源的那个机密。城堡开拓了人生，又限制了人生。在它属下的人都只能够为它而生，任何别样的生都是遭到它的否定的，只因为它就是你自己。与城堡相遇的 K 只剩下两种选择：要么死，要么留在城堡把戏演到底。已经觉醒的 K 是不可能再回到从前的无知状态中去的，从前的一切挣扎和斗争，不就是为了今天的清醒吗？很明显，从银行襄理到土地测量员的精神飞跃完成后，现实就显出了一种混沌中的澄明，人的行动较之从前更为艰难，人可以获取的东西在不断减少，欲望则在成反比地增加着。正是"缺乏"在激发着人的冲动。从另一方面来看，被激发出来的 K 的旺盛的精力又有了更广阔得多的用武之地。由于破除了内心的限制，现在他不论在何种难以想象的情况下，不论碰上谁，都可以即兴发挥，将其纳入自身城堡式的现实，进行一场生的表演。从前的无可奈何渐渐转化成了主动出击。

我们从 K 所遭受的每一次碰壁事件中，仍然可以隐隐约约地感受到当初城堡的起源，那就像在更高的层次上再现当时的情景。取代了法的城堡机制同法一样坚不可摧，但是到了这个时候，它变得更灵活了（或者说 K 变灵活了），表达更曲折和晦涩了。表面的拒绝总是隐含着内在的引诱，自审不再像从前那样致命，那样令人绝望得马上要窒息过去，而是总给人留下活的余地。熟悉了这一套的 K，在行动中便透出"反正死不了"的派头，再也没有从前的拘谨。他这种玩世不恭是一种非常严肃的玩世不恭，其本质仍然是自审，一种高级阶段的自审，一种战胜了庸俗的自审，也是城堡起源时那种氛围的延续和发展。只要重温老板娘教训 K 的那些话，就能清楚地领略到自审的历程，领略到在法面前的自审与在城堡面前的自审的不同之处。老板娘的暧昧源于城堡方式的曲里拐弯，即一方面，无论如何的不可能，人总是要活下去的；另一方面，无论人怎样活，总是不可能达到纯粹的"活"。那么 K，为达到纯粹的活，唯一的办法也只能是活下去。总之前提是否定了死。城堡已经产生了，城堡产生于生的终点，现在成了死而复生的 K 继续活的前提，K 只能以生命来丰富它。它的机制呈现出现在 K 的意志，这个意志是排除一切放弃的。生是什么？生是同死的搏斗，城堡的起源也是

150

新的生命的起源。老板娘用城堡的激将法亦步亦趋地激发着 K 体内生命的运动，使之发展，使之在难以想象的情况之下不断冲撞，以这冲撞来开拓空间。在这方面老板娘真是个了不起的高手，城堡事务方面的万事通。K 的理性认识永远落后于她，K 的自发的行动却正好与她的预期合拍，城堡起源的秘密就装在她的心中，无论 K 怎样做都是在促成她的事业——将城堡的意志化为城堡式的现实生活。也可以说她是 K 行动的意义的解说者。老板娘身体臃肿，早就过了有魅力的年龄，从前有过的那些冲突已变成了回忆，或者说肉体变成了纯精神。现在她能够做的，只能通过她的学生弗丽达和 K（一个不情愿的学生）来做，她从他们的内心冲突里吸取养料，使自己的理想之树常青。超过了死亡阶段的、城堡的活法是多么的丰富多彩，又是何等的难以理解啊。然而无论多么难以理解的活法，不都是从那个细胞发展的原则演变而来的吗？

于是，城堡的机制不管发展得多么高级复杂，其表现形式不管多么令人眼花缭乱，总给我们一种"万变不离其宗"的印象。所有的事件，都离不开那种彻底否定的阴郁的内省。那种彻底否定后仍不罢休而达到的奇迹，则是原则的进一步延伸。K 与城堡官员的那次奇怪的会面，应该说是一次 K 运用外乡人的蛮力直逼中心的冲击，然而毕格尔的一番说明就足以将他的初衷完全打消了。毕格尔要向 K 说明的只有一个道理：城堡绝对容忍不了现实的人生，人身上的臭气会将官员们熏得晕倒过去，城堡与村庄永远势不两立，人的努力还未开始，就已经注定要失败，一丝一毫的希望都没有。这个道理与《审判》中的那种自省没有什么区别，区别只在于毕格尔表达它的形式。毕格尔说这些话时，并没有赶走 K，而是让 K 留在客房里，自己一边阐述一边让 K 在睡眠中与他的逻辑搏斗，让 K 在搏斗中体验推翻逻辑、战胜死亡、创造奇迹的快感。道理仍然没变：K 绝对不能与城堡直接晤面，一切努力都等于零。可是与城堡下级官员的这次接触，以及 K 在整个过程中的行为，不是自始至终在以他的对抗展示着"生"的不可战胜吗？像死神一样的官员不是也只好发出了那种奇异的怪叫吗？当然，没有当初全盘否定的死，也不会有今天奇迹般的生。毕格尔将 K 带进一个生死搏斗，在濒死中体验生的奇境，将他体内的力榨出来，直至极限。经历了这一切的 K，应该说离大彻大悟不远了，他后来的冷静和随遇而安也证实了这一点。那种大彻大悟又不是出世的，而是继续对抗，抓住每一个机会主动出击，在泥潭中打滚，自己和自己纠缠不清，自己把自己弄得无路可走。像 K 这样的人，既然已经死过了一次，以后的一切发展都只能是奇迹了，他将永远生活在自己的异想天开之中，而从每一次异想天开的创造中，都可以看到那个内核，那个生命之源。

阿玛丽亚事件也说明着同一件事，既是再现起源时的矛盾，又是矛盾发展的展示。按通常的眼光来看，阿玛丽亚似乎是一个已看破红尘、洞悉人生秘密的人，这样的人不应当再有幻想。但一切稀奇古怪的事都发生在城堡，城堡的魔术就是将最不可能的变为现实。所以这个城堡的姑娘不但有与她的性格完全不相称的梦想，还身体力行地实现了她的梦想，并在由梦想转化成的可怕现实中骄傲地挺立着，沉默着，继续她那不可能的梦想。梦想，只有无言的透明的梦想，才是她与被她唾弃的现实对抗的唯一武器。我们可以说她心如死灰（不再对现实抱希望），不过这种心如死灰与通常的放弃完全不同，它是一种极其顽固的坚持，一种冷静清醒的首尾一致，她通过受难而活，而体验理想之梦。这样的心永远是年轻的。城堡的人物里头最最让人惊奇的就是这个阿玛丽亚，人竟可以像她这样生活，这样一种分裂近似于将人劈成两半，而两个部分又毫不相干，她本身的出现就是天才的产物。通过她那激动人心的恋爱事件，我们看到了诗人与现实达成的所谓"和解"是怎样的一种和解。那是一种决不和解的"和解"，一种永不改变的斗士的姿态，尽管这个斗士已不再主动地向外扩张，她的姿态却已经凝固成了一座雕像，她的热情转化成了可以爆出火花来的坚冰。从灵魂真正开始分裂的那一刻起，承担就落到了人身上，分裂越彻底，担子就越重。阿玛丽亚的形象体现出人类承担的极限，即无论什么都可以承担，亦即无论怎样的分裂都是整体中的分裂。由此可以推测，分裂的两个部分之间的联系哪怕到了看不见的地步也是客观存在的。在城堡的领地里，一旦有了起源，发展的趋势就不可阻挡。阿玛丽亚将目光投向索蒂尼的那一瞬间，内心的分裂就开始了；后来的一系列演变和高潮都在她的自觉意识之内，她所做的一切，就是忍受分裂的痛苦。她和她家人的这段历程，浓缩了城堡从起源到发展壮大的历程，说明了城堡诞生于人类灵魂分裂的需要。只有分裂的灵魂才是活的灵魂，可以发展的灵魂。浑身沸腾着青春激情的阿玛丽亚与城堡（索蒂尼）碰撞过后，其表现在本质上同深夜闯进村庄的 K 是一样的，两人都是从此在心中确立了城堡为生活的目标，此后的一切行动都是为了体验它，追求它，同它连为一体，表面的距离与疏远不过是意味着更为密切频繁的联系。真相是骇人的，看见真相的眼睛则是城堡赋予的，诞生于碰撞与分裂中的城堡将特殊的眼睛赋予它的臣民之后，自身就隐退到朦胧之中，让臣民们用绝望的冲撞来给它提供活力，以便它在下一轮现身时更加强大，更加清晰，即使它不现身，这种强大也一定可以让人感到。索蒂尼离开了阿玛丽亚之后就再也没有出现过，他的方式同阿玛丽亚是一致的，即一个是用拒绝生活来活下去，一个则是用不现身来全盘控制。高居于山坡上城堡内的他，和龟缩在阴暗小屋内的她，永远结下了不解之缘，构成矛盾冲突的双方。我们恍然大悟：这两个人原来是一个人的两个部分！阿玛丽亚是苍白早衰的索蒂尼的活力提供者，索蒂尼则是阿玛丽亚那阴暗大脑中的光辉之源。在此原则再次重复自己：谁选择了城堡，城堡将永远选择他！

为什么城堡里的所有的居民都是一天不自寻烦恼、不自找痛苦就活不下去似的呢？其原因仍然包含在那个起源的机密当中。自审，只有自审，才是他们活的动力，这个动力又与外界无关，要靠自己生出来。为此老板娘每时每刻都在用自虐的方式检验自身对克拉姆的忠诚；村长陷在让自己发疯的纠缠中，弄得病倒在床上，仍然念念不忘；早熟的汉斯患得患失，被悖论的思维方式折磨得不可理喻，完全失去了儿童的天真；弗丽达以放弃为获取，以痛不欲生为生；K东奔西突，将个人生活弄成一团理不清的乱麻；巴纳巴斯一家人就更不用说了，个个都像自虐狂。试想这些人要是平息了内在的冲突，放弃了自审，会变成什么样子呢？一旦活力和营养的来源断绝，山上的城堡还会存在吗？正是由于那份不可思议的虔诚，人们才会时刻自己同自己过不去，天天用灵魂内部的战争来获取存在的感觉的吧。深入他们当中任何一个人的灵魂，也就是进入一种纠缠不清的矛盾，一种解不开的连环套，其形状千姿百态，但都有相同的开端。当K在刚进城堡之际天真地说："我可不能适应上面城堡里的生活，我想永远自由自在的。"老板娘就提醒他说："你不了解城堡。"无知的K所想象的那种自由自在同城堡的自由正好相反，城堡的自由是对永远追求不到的东西的追求的自由，是自我折磨的自由，正像 K 在雪夜里等克拉姆和巴纳巴斯寻找克拉姆所经历的那样。老板娘的话还有一层意思，即人一旦被纳入城堡精神生活的轨道，就永远失去了世俗意义上的"自由自在"，从此就要开始一种严厉的、缺乏人情味的新生活，人在这种生活里再也不会有真正的内心的平静，弦只会绷得越来越紧，暂时的平静后面往往隐藏着更大的阴谋，人所能做的只能是与阴谋搏斗。而这一切正是 K 在下意识里追求的！从天性上说，任何一个人都不会愿意长期痛苦，自找痛苦，摆脱"痛"应该是人的本能。城堡的魔力就在于，它使 K 自觉自愿地留在它的领地里受苦。只要 K 一天不离开，痛苦就总是接踵而来，摆脱了旧的，还有新的、更厉害的痛苦等待着他，就仿佛先前的摆脱倒是为了迎接更大的打击似的。这种绝望的生活到底对于 K 有种什么样的吸引力呢？这又要追溯 K 的内心历程了。K 以前的历史决定了他今天的追求，他再也改变不了自己，因为蜕变已经完成了。一个人，性格敏感，热情洋溢，从小就力求做一个高尚的人。当他发现自己无论怎样做也成不了高尚的人，并且只能做"小人"，而要做高尚的人的理想又总不消失，逼得他羞愧难当，狠狠地谴责自己，以致最后在精神上自己给自己判了死刑时，这种时候，如果那关于高尚的理想还停留在他的灵魂中，理想便只有与现实分家了。分离了的理想上升到半空，化为虚幻的城堡，追求从此拉开了距离。人终于在这时知道了，活就是来自分裂的痛，于是人一边每天做着"坏事"，感受着由这"坏事"引起的痛，一边仍在不断地梦想着城堡，梦想着完美。城堡起源于人内在的分裂，并物化了那种分裂，然而 K 在城堡里所进行的斗争还是从前那种斗争的继续。在城堡里做"坏事"的 K 已经比在《审判》中做"坏事"的 K 要冷静多了，他已经习惯于认为：既然人活着就要做"坏事"，既然他做的每一件"坏事"都同城堡相连，那么除了将这些"坏事"做下去，也没有什么别的选择了。当然每做一件"坏事"仍旧会痛苦，只是那些痛苦都不会真正致命了，他已经能够承担任何痛苦。只要想一想那山坡上的圣地仍然属于他，还有什么痛苦是不能战胜的呢？这就是城堡的魔力，K 实在是一刻也离不了它，只有此地是他真正的故乡，归宿。他长途跋涉走进了自己长久以来营造的、幻影般的寓言，不断地用自己的热血来丰富这个寓言，这个他追求了一生的、他最爱的、近乎神的东西。

再回到城堡起源的那个时候，就会发现，那时候的 K 与现在的 K 其实是做着同一件事，这件事就是用残缺的肢体的运动向那完美的梦想进发。破除了虚荣心的蒙蔽的 K 现在对自身的残缺和无能是越来越看得清了，他不再为这残缺羞愧，因为一味羞愧毫无用处，他的当务之急是做自己力所能及的事。既然从一开始他就在将自己一分为二，既然他从来就不安心于对自己的灵魂的世俗解释，既然他对一切有关灵魂的事都要弄清，追究，那么到了今天，他也只有将与城堡的斗争进行下去了，这是人之所以为人的根本。城堡的复杂机构不是一两天形成的，它就是 K 的历史产物，现在它既是 K 的桎梏，又是 K 的舞台，就看 K 如何演出了。当 K 面对这庞然大物发起绝望的冲击时，我们或许会诧异：人的精神一旦从体内释放出来，竟会发展成为如此复杂得不可思议的独立世界！这个世界又是多么的有力量，它的生长的声音又是多么精确地应和着 K 的脉搏！它表面上翻脸不认人，暗地里藏着笼络 K 的欲望，K 只好"死心塌地"地来反抗它，以博取它的信任。而城堡对它的信任又只能以翻脸不认人的形式表现出来，为的是维持 K 的反抗。反抗城堡就是否定自身的那种运动的形式，这种来自核心的运动没有穷尽，它演变出繁多的花样，城堡就在这些花样当中悄悄地生长。K 所反抗的，正是自己最爱的，所欲的；那种绝对的爱一天不消失，搏斗就将继续下去。他与城堡之间的恩恩怨怨，他与弗丽达之间的恩恩怨怨，他与村庄里每一个人之间的恩恩怨怨，无不是那种绝对的、圣洁的爱之体现。他在自虐的撕裂中体验着完美的梦，那梦就是他本身的一部分。

城堡起源于人，当然是最符合人的本性的；它是人性的寓言，通过它，最不幸的迷途者最为幸运地看到了一条精神的出路。

一九九八年二月九日，英才园

158

探索肉体和灵魂的文学

　　人的灵魂和肉体是小宇宙，它的结构即宇宙结构。我所探索的是一个本质的世界，而不是公认的固定的现象世界。正因为怀着这样的野心，我的实验文学的方法、规律和原则都与过去时代的现实主义和浪漫主义大相径庭，因为关注点已经完全转移了。具体地来说有以下这些特点：

　　一、我的小说不再是像现实主义一样描写个性，或"典型环境中的典型人物"，我认为那种描写涉及的是表面的现象界而不是本质世界。一般来说我的每一篇小说都是一个谜，你可以把它称为"残雪之谜"。也就是说，小说要揭示的是"残雪"这位艺术家的艺术自我之谜。谁来揭示？由读者来揭示。小说中的所有人物其实都是一个人，这些角色共同构成了残雪这位作者的艺术自我。这些角色处在艺术自我的各种层次上，通常主人公是比较表层一点的，越是次要人物他（她）们所处的层次越深，表现越隐晦，越难以捉摸。次要人物往往属于深层的本质自我。我认为新型的文学需要训练、培养它的读者，如果没有经历训练和培养，初次遇到残雪作品的人会感到很大的排斥力，他们被排斥在这种作品之外，一筹莫展，最后只好放弃。也许有的读者会问，所有的小说只写一个人，不是太狭小了吗？请注意我说的是残雪的艺术自我。越是深邃的肉体和灵魂，便越是宽广复杂。最好的艺术家代表了人类，也代表了大自然。她（他）的最为个人化的活动却具有最大的普遍性。我们可以用天空、海洋、千年岩石等来比喻这种实验文学，每一位这类作家和艺术家，都具有一个神性的自我，他们长年累月、不知疲倦地以各种形式和形象反反复复地描绘着这个伟大的自我，使这个自我成为一种信念。而其实，这个自我的面貌不就是大自然本来的面貌吗？

二、我的小说的结构也非同一般。它所描述的，不是众人公认的那些"事件"或社会历史之类，而是艺术的自我在演示自身在现实中的可能性。其方法类似于表演艺术。是灵肉自身来追求实现美好而矛盾的人性的合一，也是在大自然观照下人性矛盾的极致发挥。很多时候我喜欢以城市边缘的郊区为背景来展开我的故事，以便更好地体现人类文明与大自然风景的融合；还有一些时候，小说的背景暧昧而陌生，为的是将"物我不分"和"灵肉抗衡"的原则贯彻到作品中去，使作品的张力加大；并且在所有的小说中，我的年代的划分以及人物的个性特征都与公认的表层区分无关，它们的设定只根据一件事，那就是艺术的灵肉的自我的需要。这样的小说便冲破了常规叙事的各种限制，使作为作者的表演者获得了更大的自由度，并形成一种"跟着创造力走"的局面。结构的奥秘就在创造力里面，因为这股力量的内部是有机制的，这个隐藏的机制会给予作者创造的方向，并以其严密的逻辑操控着人性图案的成形。这个机制就是人性的机制、大自然本身的机制。艺术家感到了大自然的这个理性加感性、精神加肉体的矛盾机制，所以才能运用这个机制来进行自由的创造。在这个层面上可以将我的小说称为哲学实验小说，它既是演示一种东西方文化相结合的新型哲学原理，也是用艺术家自身的肉体来做实验，看看这个生命体的张力有多大，能达到什么层次的创新。这种文学的原则就是：日日新，月月新，年年新。因为只有创新它才能存活。

三、读我的实验文学不能像读现实主义文学或讽刺小说那样，对于作品中的人物或背景去进行一般性的善恶区分。这种作品的最大的特点就是作品里面没有任何恶人，所有的人物都以各种不同的方式流露出人性之美。即使读者看到的对那些肮脏、劣等的人物的描述，也是在以反讽的方式揭示残雪的艺术矛盾自我的张力，他们以含义深邃的表演来衬托出艺术自我之美。读这种小说要破除思维的常规定式，用读者自己的生活体验去反复地同作品中的人物进行那种哲学或形而上学意义上的沟通。因为对于残雪来说，人性就是也仅仅是善的和美的，假、恶、丑的事物不属于人性。假、恶、丑的出现是因为人身上的人性机制废弃了或没能启动所导致的。我可以在此宣称，残雪从早期写作一直延续到今天，所描述的全部是人的精神之崇高与人的肉体之美妙。对于读者来说，也许最大的问题在于磨砺自己的感觉，并训练自己的理性。要到现代主义文学以及那些有现代性特征的文学（如圣经故事，但丁的《神曲》，莎士比亚的悲剧，塞万提斯的《堂·吉诃德》，歌德的《浮士德》，卡夫卡的《城堡》，博尔赫斯的短篇小说等）中去游泳，感受与这种海洋合为一体的自由感。多年来，我作为一名老练的读者在这个方面深有体会，并写下了大量的文学评论。当我们身处海洋之时，我们身上久经磨炼的理性就会让我们悟到天堂的方位，因为这个天堂是时时刻刻同我们在一起的。天堂在世俗中，或者说，天堂在"地狱"中，我爱这个地狱。

我在这里想举莎士比亚的悲剧《裘利斯·凯撒》为例。对于这部悲剧文本的阅读，残雪在博尔赫斯文论中的只言片语的启示之下，发现了一个崭新的艺术境界。由此残雪相信，只有以这种全新的立场和方法来阅读经典文学，才是新世纪纯文学阅读的方向。我曾在中国发表过关于这部悲剧的文本的评论，我在评论中写道，莎士比亚在这部悲剧中表演的，并不仅仅是表面的历史事件，善恶冲突，某种文明的建立等。这是一部同时上演的两幕剧，在前台的幕后的黑暗中上演的那一幕才是事件的本质。这个本质演出所凸显的是人性本身或艺术本身的矛盾冲突和升华的壮观场面。从这种立场和高度去看这部悲剧，剧中所有角色都是崇高的，他们每一个人都在演绎着一桩伟大的事业中的某个阶段，某个方面，他们相互映衬和支持，用自身的血肉将美和自由的"罗马境界"昭示于大众，从而启发人民同他们一道来追求这种艺术境界，宇宙境界。勃鲁托斯在悲剧中是崇高理念的代表；凯撒则是英勇的人性矛盾的表演者，他以牺牲自己的肉体来使理念在现实中得到实现；凯歇斯则类似现实中的艺术家，他集善恶于一身，但他总能通过高超的技巧使两极的冲突以出人意料的方式达成抗衡。如果读者能看懂这个深层的演出，剧中的所有台词便获得了一种妙不可言而又深入肺腑的渗透力，你的灵魂将被震撼，你将在震撼中领悟"做一名现代人"意味着什么。现代剧演绎的是人类的也是宇宙的矛盾，它绝不是那种没有答案的"为迷惑而迷惑"的后现代剧，它的崇高理想是在矛盾的突破与升华中展现出来的。所以阅读这类作品不但要有迷惑感，还要不断地产生"恍然大悟"的整体感和超越感。当我们在超越中赋予了各种情节以崭新的、创造性的含义时，我们就与大自然合为一体了，我们通过与作者的沟通获得了我们自己的新的自我。

四、我的实验文学是一种召唤，它希望唤起读者一道来参加我们大家的表演活动，并且希望读者每个人发挥自己的独特性来创造属于自身的文学图型。因为这种特殊的文学是通过每一位读者自身来完成的，如果读者不参加表演，我的作品就是未完成的，它就得在黑暗中继续等待。那么，什么样的读者有可能被这样的作品唤起表演欲望呢？成为这种实验文学的读者需要一些什么样的素质呢？我通过自己多年的阅读实践总结出这样一些经验：它要求读者具有高度的敏感性：既要对物质性、肉体性的事物，也要对精神性的事物敏感。也就是说，对于作品的内容与形式都要敏感。除了先天素质的要求之外，我们还可以通过训练加强自己这方面的素质。我自己的经验就是深入阅读西方那些有现代主义元素的文学，比如我前面提到的那几位作家。此外，西方经典哲学的阅读对于解开这种实验小说之谜也是很有帮助的，因为顶尖级的文学已经同哲学合流，这类文学本身就已是深奥的哲学。我们要像读哲学书一样来读这种文学——好几遍、十几遍地来阅读。文学作品的阅读带给我们肉体的敏感性，哲学则带给我们严密的逻辑性。而阅读我的这种极端的实验文学，两种素质缺一不可。所以我的这种实验写作绝不像后现代主义那样要抛弃理性，它反而是要在阅读实践中加强逻辑思维的训练。只有那种能够将逻辑推理贯彻到情感描述中去，并从中看出事物的图型来的读者，才有可能解开圣经故事之谜，莎士比亚悲剧之谜，塞万提斯的《堂·吉诃德》之谜，但丁的《神曲》之谜，卡夫卡的《城堡》《美国》之谜，博尔赫斯的短篇小说之谜，卡尔维诺的《如果在冬夜，一个旅人》之谜，布鲁诺·舒尔茨的《沙漏标志下的疗养院》之谜，鲁迅的《野草》之谜等。缺少了逻辑性，读者的感受就总是碎片化的，充满迷惑而又不能突破迷惑，因而达不到一种整体的大喜悦的幸福境界。当今世界文学思想的谬误就在于，认为初级的迷惑阶段就是阅读的真谛，人只要停留在那个阶段就可以了，不要去追求解谜或升华，因为实验文学是无解之谜，是非理性之谜。这种思想以后现代主义为其代表。我的看法同这正好相反，我认为我的每一篇作品都是一个谜，但这个谜是有谜底的，只不过读者要找出谜底就要付出艰苦的劳动，当然在同时，他也会获得很高的回报。我这样说倒不是要卖狗皮膏药，而是我多年里头通过艰苦的阅读所得出的经验，并且我自认为我的文学具有与那些经典作品类似的品质，所以阅读的方法也相似。

五、残雪的实验小说是通过拿自己做实验写出来的。这句话的意思就是说，作者将自己的自我看作一个矛盾，这个矛盾的基本区分是精神与肉体的区分，在这两个对立面的区分之下，又有许多更细的区分，每一区分都可以看作矛盾的一个层次的形式。所谓写作，对于我来说就是调动起自我的全部力量，让这些以基本对立面为底蕴的部分相互之间进行搏斗，在搏斗中达到辉煌的分裂，也达到更高层次的抗衡。一般来说，这些区分的部分总是以人物或小动

165

物来表现，有时也以事物来表现。不论以什么来表现，那都是艺术家自身的精神和肉体的表演，是灵魂与肉体这一矛盾事物中两个对立部分的互动，这种互动是搏斗，也是搏斗中的协调和达成的抗衡。这种矛盾的图型就是残雪实验小说的哲学图型，它是全部残雪小说的根和底蕴。只有看到了这个底蕴的读者，才有可能将自己的生活经验和阅读经验转化成当下阅读的新图型，创造出属于自己的，但又是由残雪的小说所激发出来的一个文学世界。我认为顶尖级的实验小说都具备了这种功能。那么，既然残雪小说是一个能动之物，有能动机制，这种小说所要求于读者的，也就是最大的主观能动性，这个主观能动性又要与肉体的客观能动性相结合（肉体的能动性由感觉操控）。这就是说，读者在解谜之时要像一名最敏锐的侦探一样，在感知事物和逻辑推理方面都具有超强的发挥，只有如此才能与作品内的那个矛盾机制产生互动，从而进入一种与作者所经历的类似的情境（但又很不一样），在那朦胧的情境中去分辨，去综合，去建构他自己的理想王国。这样，读者的疆土就会同残雪的文学疆土连接起来，并且二者的艺术自我都同时得到了延伸。这是一种高难度的阅读，这种互动的阅读适合于那些勇于迎接挑战，热衷于提升自我素质，将创造视为生命的第一要义的勇敢的读者。

六、"摧毁""破除""毁灭"和"非理性"是后现代主义的几个显著特征。从尼采精神的消极面发源的后现代思潮并未给世界思想界带来多少积极作用，而且也没能做到真正摧毁腐朽的传统势力。因为这种思潮从根源上对于人类是没有信心的。残雪的审美观和世界观却是致力于建构的。我认为整个大自然（或宇宙）是由人类建构起来的，是人的大自然。人和大自然同体，又是自然的最高级的器官，因为有了人才建构起了自然。艺术家的每一种创造都是在建构大自然，而不是毁灭她。毁灭的艺术是层次不够高、生命力不够强大的颓废艺术，而不是充满了理性精神的生命艺术。颓废艺术是没有前途、只能自生自灭的；我所属的这种生命的艺术则具有自身新陈代谢的机制，能够在批判中不断生长，在创新中壮大。这种新型文学将理性与感性的能量以最为自由的方式发动起来，使千年沉默的岩石开口说话，又让最为卑微的贫民成为创世者，它是历史上最具有建设性的文学。对于它来说，"颓废""冷漠""绝望"这类负面的情感性词语与它无缘。即使它的内容中有绝望，那也是为了激起更大的热情，去撞击那黑暗的世纪之门，由情感建构起来的文学是依仗自己身体的新陈代谢来发展的，这个身体就是同大自然相连的质料体和精神领域。所以只要我们还在建构，生命就处在旺盛的活跃之中，而身心二者的健康旺盛，又增强着我们对于大自然的信念——一种喜悦的信念，幸福的信念，而不是那种有很大机械性的信仰。我之所以反对后现代主义，提倡歌颂生命的审美观，是因为这种审美是从大自然的自由意志出发的，这个意志也就是人类的自由意志，而这个意志的核心就是创造和建构。我自认为我的作品中充满了自由的风范，而这种风范又是创造力和建构力的表现。生长，创造，建构，突破，升华，对称，这就是我的审美实践的关键词。大自然给予了人类这种审美实践的能力，我们便感到了自己有将这种能力发挥出来，建构一个美的世界的义务。所有的自然儿女都应该来做这件事，而艺术家作为人类中的先知，更应将这种实践活动做到极致。

七、我的实验小说的实践从某个方面来说，也可以看作将中国文化同西方经典哲学与文学融合起来的一种实践（虽然西方经典文学与经典哲学的追求并不完全一样，内核也很不一致）。我通过三十多年的创作实践，发现了西方经典中文学思想与哲学思想的分歧，我又作为一名具有中国文化底蕴的作家，窥破了西方哲学的一个致命的弱点以及它的发展的瓶颈。所以在今天，我投入到了一种新的建构的事业当中。我以我三十多年的文学实践作为底蕴，在批判西方经典哲学的误区的基础上，开始一砖一瓦地建构我自己的既是艺术的又是哲学的王国。我的这种别出心裁的建构由于我自身的古老中国智慧的优势，也由于我对于西方文化的熟悉而显得特别得心应手。并且我的作品在众多的作品中总显得特别空灵，具有一种咄咄逼人的气势。我想这同我自觉地运用异域的文化来对照自我，并在这种观照之下深入地进行钻研、探讨、批判自我，并最后建构起一个全新的、既非中国型也非西方型的自我有直接的关系。当今世界思想的潮流是艺术与哲学思想合流，西方与东方思想结合，而我的实验文学的实践，正好就体现了这种大融合的趋势。并且我的哲学观认为，只有真正的融合才会有真正的独立与个性。一个封闭、孤立的，难以交流或没有交流渠道的作品就谈不上独立性和个性，因为个性只能在共性中体现出来。你不同外界交流融合，你的那个生命体就无法生长，就会在隔绝中渐渐枯萎干瘪。两种文化你说你好，我说我好，互不买账的态度是没有前途的。只有将对方看作自己的可能性，在交流中既融合又分裂，既各自突破又共同提升，才能真正保持独立的个性。这是辩证法的高超技巧，我由于在创作中运用了这种技巧，所以作品才能给人以耳目一新的印象。我一贯认为，一味地固守传统是守不住的，越顽固狭隘，传统在你那里就流失得越快。只有向外扩展自我，才能吸取新的养料，从而创造性地继承发扬传统。

八、我将我的全部小说写作看作我所建构的哲学观的实践性证实。就我自己来说，我的小说实践和我的哲学理论的建构二者是相互映照相互证实的，它们之间的通道来来往往，从未有过一方吃掉另一方的情况发生，反而是相互促进，相得益彰。我的哲学是我的小说的形式，我的小说则是我的哲学的"体"或内容。所以从一开始，我的这种以自己的生命体作为实验场的小说就不是要"描述"

表层的现象世界，而是要建立一个庞大的世界观。只不过在我的创作的早期，这个世界观因其新奇和隐晦，一般人难以窥破其真谛。人们习惯于用已有的文学范式去"套"我的小说，其结果是对它的那些解释都显得风马牛不相及，至少也是难以解释得通。我想，既然我的小说从整体上来说是一个新事物，那么读者就必须在阅读以前要做好充分的准备。他必须抛开自己以往所受过的那些古典文学范式的训练，首先将自己的感知的触角全部张开，在残雪的文学领域中去反复地获取那些质料性刺激。在这样的实践之际，读者先不要忙于下结论，而要一遍又一遍地细读原文，并耐心地等待自己的感觉成形。要相信，在自己与作品的互动中是会发现某个进入的渠道的；还要相信，这种特殊的小说之谜是有谜底的。说到底，我们的生活中不就有很多不解之谜吗？为什么解不了那些谜？是因为我们还不具有一颗艺术的心灵，以及在艺术的海洋中游泳的高超技巧啊。残雪之谜也许是当今最难解的艺术之谜，因为它是宇宙之谜，也是艺术的核心之谜，它被我设定为来自大自然的终极之谜。如果读者细读了原文之后仍然解不了谜，那多半是因为他为理解这种新型世界观所做的准备还不够充足，他还有待于在文学和哲学这两个领域中更努力地操练，获取更多的灵感。不懂并不可怕，可怕的是自以为什么都懂了。将终极哲理与小说的质料体描述结合得如此天衣无缝，并应和着新世纪的时代呼唤的作品非常稀少。残雪的野心是要建构现代人的心灵与肉体合一的新世界，于是所有以往的艺术和思想的规律在她的作品中都被再造了，并获得了意想不到的新的功能。读者要熟悉这种功能，就得经历思想上和肉体感知上的"万里长征"，但这类世界观的转型会使读者发现自由之路。这是我的信念。

九、在经典哲学中，人类的语言被描述成逻各斯，也就是理性精神。而残雪的小说在这个方面全盘颠覆了经典哲学的区分。对于这种实验小说来说，语言不再是通常所指的逻各斯，它转化成了一种肉体性、质料性的功能，它的所指象征着黑暗大地母亲的形象，当然这个肉体或地母仍然要通过精神来表达，只是这种表达不再是逻各斯的那种明确的表达，而是朦胧、模糊，充满了暗示性、寓言性的层次丰富的质料意向性表达。但我的黑暗地母的语言又绝不是非理性的——如后现代所描述的那样。相反，我的黑暗地母的语言里头渗透了理性精神，它是逻各斯语言的质料图型版，逻各斯语言则是这种艺术型语言的精神图型版，二者互为本质。所以我要在此强调，我的实验小说的语言是有理性精神的内涵的。它似乎飘忽不定，捉摸不透，但它又是内部有机制有规律的。只有悟到了这种语言的深层结构的读者，才有希望领略黑暗地母之美，并在与文本的互动中进行自由的表演。从我作为读者的经验来看，需要长时间地沉浸在这类文学的语感中去冥想，在冥想中调动你的生活经验，发挥肉体性的想象力，这样你就有可能发现，语言也是一个矛盾。这个矛盾机制的启动，既要依仗你的情感生活之原始冲力，也要依仗你的逻各斯的分辨之力。两种力相互扭斗和制约，旋出一种意想不到的图案，这图案不但包含了你的全部感知体验，它还呈现出你的空灵的理想追求。这就是质料性语言的魅力，这种语言是逻各斯的基底，是因为有了它，我们人类才有了生命体，精神才能从生命体上升华。黑暗地母自身不能说话，但人可以替她说，人通过"说"体现出来的这个她，就是人自己的身体之体现。但在几千年里头，人们在"说"的当中忘记了这个母体的存在，用"说"本身取代了她，这就是发生在思想界的事。我的实验小说是一种呼吁，它呼吁人们返回由地母所支撑的自身的肉体，将生命体的地位提升到形而上学的高度，与精神平起平坐。

由此便形成了这种实验小说的另一特点：所有的人物描述，对话，背景描述和事件描述全部指向语言自身所包含的那个美的理念，描述成了描述活动自身的描述，叙事活动本身构成叙事活动的理念，语言的层次在这种活动中一层一层地展开又聚拢，形成美的图型，人性的图型。我们中国俗话所说的"醉翁之意不在酒"就有点接近于这种境界。我的小说的语言所要表达的是那个本质世界，是人性矛盾中两个对立面的殊死搏斗与抗衡共存。一般的读者很难注意到这种黑暗的深层的画面，深入进去的读者也比较稀少。也就是说，我们的读者需要一种语言方法的训练，需要加大原始的冲力，以冲破旧有的逻各斯所指的钳制，提升逻各斯的层次。如果读者不能从这类实验小说中读出（建构）一个新的世界，一个更高的境界，一个同我们所熟悉的王国对立的深层的语言王国，那很可能就是他还没能充分展开自己的感觉，将自己的理性思维融入这个感觉，以此来发动属于自我的这个语言机制，从而达到自身语言体系的创造性生长——语言作为自然事物是在生长中展开的。但是怎样来进行这种语言的训练？我多年的经验告诉我，唯一的方法是到大海中去学习游泳。也就是说，多读经典文学与哲学，活学活用。不但要读，还要不间断地写下自己的感受，形成思维的连贯性和感觉的凝聚力，让自己的词语获得生命力，让它们与自己的日常生活的体验融为一体，成为创造性的、有建构力的活的语言。在反复的训练中，词语会自然而然地形成层次，向终极的理念凝聚。与此同时，词语自身也会生出更多的触角，这些触角指向人性之谜，以多姿多彩的形象凸现出谜底的各种版本。这两种活动就是一种活动，它向读者和作者双方指出了新型语言的广阔的发展前景。目前在世界文学界认识到这一点的作家和读者还很少，能深入进去进行探索和研究的人就更少了。残雪的作品在这方面是向读者和作者们发出的一个呼吁。

十、我一贯认为，冲突是推动实验文学生长的原始之力。没有冲突，生长就停止了，人性就是在冲突中发展壮大的，因为人性是一个矛盾，矛盾的双方永远在角力中抗衡，这种冲突与抗衡提升着人的品质。当然，所有的艺术都是描述冲突的，但我认为我这种实验小说是将冲突发挥到极致而又有魄力在同时将操控力也坚持到极限的文学。在这种文学实践中，这两种力都同样具有无限性，经常要用杀戮来进行暂时的解决。这种表演性的文学时常达到惊心动魄的程度，但又并不导向对于人性的绝望，反而是导向无限的希望。当每个个体都自觉地建立起自己的矛盾机制，并通过学习文学来运用这种机制时，我们的世界就会变得更具有理性与创造力，并焕发出勃勃生气。有理性钳制的冲突，以创造性分裂为目的的理性，这是我的实验文学的显著特征。无论小说中的冲突分裂是多么的触目惊心，那也是有理性机制在当中起作用的冲突和分裂，绝不是返回兽性或非理性。所以我的审美是一种清明、坚定，但又洋溢着饱满的肉感体验的审美。从哲学上来说，这种中西文化杂交的审美消除了经典宇宙观当中的物质与精神之间的千年鸿沟，让一个浑然一体的大自然呈现出其真实面貌。因为这个特点，我的小说中出场的每一个角色都心怀一种"肇事"的欲望，他们卷入冲突，挑起冲突，在冲突中成长。冲突对于他们来说不是需要躲避的事物，而是机运，是自由意志的操练场所，也是提升自由境界的基本方法。冲突来自作品的核心矛盾，矛盾的发展又加剧着冲突，像浪潮一样一波一波地推动着作品不断展开，不断翻新，在一个又一个的高潮中趋向终极体验，这也许就是残雪拿自我做实验要达到的境界。我作为艺术家，是那种总是渴望极致体验的、不知疲倦的类型。我想，我的读者大概也是那种将创造当人生的第一要义，愿意不断接受人生的挑战的类型的人吧。冲突既能训练我们的大脑的逻辑能力，也能训练我们的器官的灵活性，人的素质就是由这两方面构成的。如果你对自身的素质有很高的要求，就来从事这种高难度的文学的阅读吧。这种文学不会令你失望，只会不断加强你的欲望，同时也加强你承受欲望冲击的韧性。

十一、我的实验文学是现存的世界文学中具有最大的张力的种类，因为这种文学中的矛盾的两极都被作者发挥到了极致，在读者看来就像是总在飞越鸿沟似的。创作中的作者必须时刻警惕着，绷紧那根创造之弦，不能有丝毫懈怠。这样创作出来的作品，就如同推理小说与侦探小说一样造就它的读者，但它对读者的激发是一种另类的激发。因为这种奇异的张力，读者并不能轻易地找到它对自身的激发点，他往往要在似是而非的辨别和判断中长久地徘徊和等待，也就是吸收作品中发出的信息，让他的自我中的那两个部分交融与分裂，来促成某个新图案的产生。有时候，这种焦虑的持续甚至让一名读者产生痛苦的感受，而这种痛苦又并未让他获得他想要获得的满足。在这种情况下读者最好选择暂时放弃，这是因为种种原因，他还没找到那种契合的方法，他有必要加强各方面的素质训练之后再来尝试。这也是我的小说同推理小说的不同。这种小说是不能单凭脑力的发挥来进入的，读者的肉体也就是情感性质料必须发动起来，并以他自己的创造来证实作者的创造，在与作品的互动中让作品得到延伸，所以我的实验小说的阅读实际上比它的创作要更难，它既需要读者在生活中有深厚情感经验作为底蕴，又需要读者具有广泛深入的对于经典文学的阅读探讨和钻研，不具备这两个基本条件而想进入这种实验小说，就会遇到巨大的排斥力，在与作品的拉锯中败下阵来。有不少读者问过我这个问题：产生困惑是否就是阅读这种实验小说的主要感受？读者是否只要坚持在困惑中不退却，本身就是成功阅读的标志？我的看法是，困惑感只是阅读我的实验小说的过程中的主要特征之一，如果一名读者自始至终处在困惑中而没有任何升华，没能焕发出欢欣、明丽和幸福的感觉，那么他的阅读就是失败的，最好暂时放弃，待加强操练，提升了素质之后再来尝试。我的这个回答是基于我自己几十年阅读经典的经验，而且我已通过钻研发现，不少经典大师如卡尔维诺、博尔赫斯等人也是用类似的方法阅读。仅仅将阅读中产生的困惑感归于成功，不寻求谜底，不"打破砂锅问到底"，这是萨特世界观中的缺陷对于现代青年造成的恶劣影响，因为他的那个"纯粹"的真理没有标准。像我的这种实验文学，你不寻求谜底的话，就永远体验不

176

到作品中的张力和结构。看不到作品中的机制如何发生作用，就不可能与作品产生互动来开始你自己的创造，而只能站在外围说出一些支离破碎的感受，不成体系也同作品关系不大。如果想体验到作品中的张力，标准就是你自己在阅读过程中是否也产生了类似的张力，这种张力是否会随着阅读的深入而不断加强，又不断释放，并随着每一轮的释放升华到更强的二力抗衡的境界。没有体验到释放与升华，并在升华中清楚地看到小说中那个深层的、立体的结构，你的阅读就还不能称之为成功的阅读。在困惑中抵抗是过程开始时的必经阶段，这个过程有的人长，有的人短，但不论长短，所有的读者都应殊途同归，进入升华的幸福境界。像萨特的阅读那样以受苦当幸福，始终处于自虐的氛围中，已不是新世纪的读者的理想追求了。我们追求的是在创造中享受，在克服难题中升华，并建构自己的理想事业。这样的阅读给人带来的不是纯粹的受虐和狭隘的自我欣赏，而是打开眼界，勇敢地在同别人的交流中丰富和提高自身的素质，在融入别人的艺术的过程中自己也来当一回艺术家。如果整个纯文学阅读界能形成这样的风气，所谓"毁灭"的论调就不会再为大多数人所信奉了。

十二、残雪实验小说的一大特征是它带给读者的鲜明的"肉感"，这一点在同类的实验小说中恐怕是空前突出的。我想，这是因为我的世界观，我的终极设定都是倡导物质的缘故，物质就是质料体和生命体，我的小说处处让肉体和灵魂凝成同一个事物，所以肉体才能焕发出如此生动的力量。我在写小说时不光发动我的思维想象力，我同时还发挥我的五官和肢体的力量，让感觉参与到创造中去。所以有不少读者说"肉感"是我的作品的最大特点。我为此感到自豪。肉感即生命感，我是作为一名中国艺术家来创作的，我将我的民族的感性文化提升，又让这种感性同西方的理性融合，建构起一种前所未有的艺术作品。这种作品，它是极其肉感的，与此同时，它又比西方的小说更为空灵。因为我的空灵是与肉感对比中的空灵，所以其透明度也许比某些西方小说更胜一筹。因为这个特点，读者在读这样的小说时，就必须探讨和掌握发动自己的肉体的一套技巧。也许在冥想之际进入自己过去的情感经验世界是一个比较好的方法，这种冥想不是单纯地回忆某些发生过的事件，而是重新再造你的记忆，让久远的记忆复活。在这个意义上，久远的记忆（主要是肢体器官的记忆）就是崭新的未来。那种记忆也许是一株落叶满地的树，一只棉手套，猫儿的一个眼神，一扇破旧的木门，一个油漆剥落的玩具，一张秀丽的白脸，一声惊恐的尖叫，长空中大雁鸣叫的余音，厨房里飘出的肉桂的香味，某种兽皮的触感，某类岩石的气味等，不论它们是什么，都是真切的生命的记忆。作者将这类记忆储存在他的小说中，读者则需要依仗作者的记忆机制来开发他自己的记忆，直至这记忆成了作品记忆的延伸，作品便真实地存在了。单单从这个方面来看，也可以推论出这种现代主义小说是多么依仗于读者的创造性来获得生命。双重的创造性对于肉体的发动有严格的要求。张力是什么？就是你的原始的记忆在理性精神的追击之下能跑得多远。被追击的记忆并非要逃离表演场所，毋宁说这是两股势力在表演超越的好戏。

十三、除了严密的逻辑性之外，残雪的实验小说的另一特征便是其毫无例外的统一性和整体性。由于这样的小说不存在所谓"题材"的问题，于是那些未能进入其境界的读者往往会说作者的叙事是"重复""啰嗦""无新意"等。而实际上这种实验小说对于他们所说的题材或描述手法的"创新"毫无兴趣，它感兴趣的不是表层现象的新，而是作为内核的宇宙观、世界观的新。在这个方面，残雪的实验小说可以说颠覆了以往任何时期的观念，并以其整体性显示出两种主要文化紧密结合的优越之处。残雪实验小说在众多的作品中一眼就能被辨认出这件事，就是以上所说的整体性的验证。很难设想这种文学脱离自己的风格，按照某些读者的期望去"创新"。因为在残雪眼里，那种表面层次的新其实是旧，是骨子里头的重复，而守旧和重复正是残雪这样的艺术家最不能容忍的事。简言之，只有残雪坚持自己创造的统一性，并将其风格和关注点发挥到最后，这才是真正的创新。如果有一天残雪改变了一贯的风格和叙事的主题，那只能说明她创造力衰竭了，她变成另外一个人，也脱离了她的实验文学。从一开始，残雪的创作风格就是在徐徐演变的，但那是整体性的演变，是"万变不离其宗"。不论这种实验文学与早期相比变化有多么大，它也是为着展示同一个终极理想在表演，它的终极追求是渐渐显露出来的，但从未改变过。可以看出，这是一种强大的整体性，它之所以比以往的经典哲学更有生命力，就在于这个整体性本身又是以它的绝对的分裂和突破为前提的。残雪的大自然是统一与分裂互为本质的矛盾。读过残雪的作品的人都知道，作品中的角色与角色，或角色与背景之间的关系是如此的势不两立，每篇作品中的矛盾总是要演绎到最后一刻，氛围中时常充满了杀戮的血腥味。但在种种的明争暗斗中，有透明的崇高的事物在闪闪发光。正因为有了那种事物，扭斗与分裂才不是盲目的，才无一例外地被导向升华的境界。

十四、我还要谈谈残雪作品中的幽默感。很多读者都曾体验过残雪实验小说中那种透骨的幽默感。这种幽默感同西方现代主义文学的幽默感有某种契合（例如《堂·吉诃德》和《城堡》等），但又很不相同，因为这里是一名东方人、中国人在进行文学实践。幽默所包含的是批判精神，批判又寓于体认之中。每一批判就有一体认相伴相随。西方经典的幽默往往在体认这个阶段就停下来了，至少在那些大部头的作品的暗示中有停下来沉浸在冥想中的倾向，因为作者需要一个精神寄托。但残雪的实验小说中的幽默是一种魔性事物，这种幽默决不最终停下来，反而要像中了邪似的一直转化和演绎下去。作者的寄托，以及她给予读者的寄托就在这种幽默的实践本身之中。也就是说，批判越来越深入，体认越来越顽强，一轮又一轮，永无止境。这样，相对于西方文学中那种较为悲观的幽默，残雪式的幽默更为积极，也更为振奋和自强不息。因为不论作者和读者，你幽默到底，你就获得精神的寄托与肉体的舒展，你如果停下来，那种自由感就消失了，你的快感取决于你的主观的努力和你的批判欲。而只有这种不知疲倦的批判欲，才会导致崭新的建构。作为一名不信上帝的中国艺术家，残雪以实验小说为其生命实践活动，将自己的命运紧紧地抓在自己的手中，毫不松懈，从而以一种最有张力的幽默展示了其艺术的理想境界。残雪的这种幽默感的获得来自她将两种文化的精髓都吸取到了她的艺术的内核之中，让它们在交融中分裂，在分裂中交融，从中生成出一种新型的、中西结合的处世态度。这种幽默中既有西方的进取精神，又有古老中国的人生智慧，应是新世纪世界文学中的新兴事物，其发展的前景也很广阔。从我多年的经验来看，是由于我长年累月地努力学习和钻研西方的精神成果，导致了我对中国人的自我幽默这个领域的不断开拓，没有西方精神作为参照，我不可能生成如此强韧、博大的自我意识。任何一种自我意识都只能通过照镜子来获取，异质的文化的镜子往往使照镜者受益最多。在新世纪里，也许这种实验小说的幽默人生观会成为一种普遍的追求，因为当今的时代要求我们有更为开阔的胸怀，更为务实的生活态度，更为积极的不懈的追求。而这种幽默是将人生变成自由表演的、可行性最大的模式。

十五、残雪的实验小说中对于生命体（肉体）的关注达到了一种空前的强度。从最早的作品《黄泥街》《山上的小屋》《污水上的肥皂泡》等开始，人的肉体性感知就开始声张自己的权利，要与形而上学的精神平起平坐，并致力于划出肉体世界的疆域。这个被前人所忽略了的黑暗中的存在在她的实验小说中迅速地建构起来，成为不可抹杀的本质性的事物。不说话的生命体一旦与说话的精神结合，便促使精神替它喊出了千年沉默中蕴含的真理之声。我的早期作品就是这种试探、这种激发的产品。黑暗中有一个东西，它是人类所有活动的基底，也许我们处于盲目之中不去看它，但它绝不放过我们，因为它就是我们自己。千年的等待是漫长的，但在整个人类史中也许很短暂。实际上，人的生命体从未完全沉默过，在千年历史里它在高层次的文学中不断发声，直至新世纪即将到来时，它才逐渐要汇成时代的强音。残雪的实验小说正是顺应了时代的这种精神，所以才能在三十多年里头从未有过灵感枯竭的时候，反而越战越强，将它的疆域不断地延伸，呈现出一派生机勃勃的景象。在《黄泥街》等实验小说中，大部分读者所不习惯的那种令人摸不着头脑的对话；那种令读者无法进入，只有与一条隐秘的信息相通才会恍然大悟的氛围；那种超脱怪诞的描述，等等，都是来自这个黑暗中的生命体，它借我们的语言发声，同时又赋予我们的语言以生命的基底。它是一切自然事物的意义的来源，它也为人的一切实践提供材料。同西方的某些经典小说形成对照，这种由生命体来唱主角的作品可以给人带来更大的自信，因为一切可能性都呈现在人的直观中了，人没必要躲躲闪闪，只要果断选择，只要启动肉体中的机制，整个世界就属于你。这样的英雄主义并非属于少数精英，它属于每个人。每个人，只要他体内的欲望没有死灭，他就能创造，在创造中体验属于他个人的独特人生。肉体的潜力是可以无限发挥的，你不去发挥它，它就萎缩，你发挥它，它就保持活力。写作是这样，阅读也是这样。

十六、有不少读者认为，残雪的作品既多产、重复，又好像没有什么严格的规范，写到哪里算哪里，结尾也很随便，时常不了了之，似乎无视读者的审美需求。持这种看法的读者大概还是从现实主义或浪漫主义的立场出发，对于这种实验小说没有采取正确的立场，因而产生了一些不切实际的期待吧。特殊的写作只能适合于特殊的审美观。我自认为我的审美观是对于西方理论中的审美观的一场颠覆。我的实验小说确实不能按经典理论去规范，不如说它是对那种规范的打破。如果你怀着经典审美的期待来阅读这样的作品，那期待注定是要失败的。那么读者应不应该对这样的作品有审美期待？或者根本不应该有任何期待？我的观点是，当然要有期待。但这个期待不是像现实主义文学一样是一个较固定的范式，而应该是那种无法事先预测的新奇感、自由感。于写作、于阅读皆如此。作品如大自然本身一样徐徐展开，你在全神贯注中绷紧你的肉体与精神，你的肉体与精神里面都有机制，你渴望升华，你的审美期待就在这个升华之中，而升华又是通过突围来实现的。在紧张中突破，在凝聚中攀升，这就是这种小说遵循的规律，这种规律就是打破规律，是以打破来实现的规律。要时刻做好准备让自身有出乎意料的表现，因为只有创新才是大自然的意志。我们能做的，就是在操练中使自身变得强韧和灵活，而不是事先在大脑中构思出一个审美的模式来套作品。以肉体为基质的自然之美奇丽而多变，没有谁能有把握地预测它会以什么形式出现，一切都是即兴表演，因此阅读也必须有这种即兴表演式的跟进。肉体不运动，不表演，想单凭大脑的想象来把握作品是不可能的，而且这种方法也过时了。在这个意义上说，残雪的实验小说的确是写到哪里算哪里，因为这位作者在写作之际已变成了大自然，一切旧有的规则全不在她眼里，她只关心一件事，就是在凝聚的质料当中突破，就是创造事物的新图型，所有的规则都被变通了，以便为这个目的服务。

十七、我想谈谈残雪实验小说中所包含的一种新型的诗意。已经有读者指出过，残雪的小说中有很浓的诗意。那么，这是一种什么样的诗意？以早期的作品《黄泥街》为例，这个大中篇里面的描写充斥着粪便、垃圾、死鼠、烂水果、溃疡、地上的污水、空气中的黑灰等，能将这类描写看作诗意吗？但在残雪的审美观中，这是可以的。我认为《黄泥街》就是一首很长的抒情诗。那是诗人的灵魂与肉体正在苏醒，开始奋起进行独立表演的景象。所有的生命感都复活了，人感觉到了环境的腐败，而这原始的腐败，正是孕育强大生命力的温床。我就是黄泥街，我要在腐败中翩翩起舞，表演人性的极致。这样的黑暗的、物质性的诗意，应该是时代的最强音。小说中有一个阴谋，那个阴谋是人性的狡计，也是大自然的预设机制之体现，为的是发动肉体进行那致命的一搏。虽然作为一部处女作，《黄泥街》还不知道自己究竟将表演一些什么内容，但那种强烈的诗的形式已充分显露了。它不同于西方的大部分歌颂纯精神的诗歌，它的境界有些类似于但丁的"地狱"境界，但更注重肉体的底蕴。这是一种中西文化交融、灵肉真正一体化的新型诗意——肉体也是诗，而且是诗的基质。阴谋就寓于肉体，从腐败中获得了强大生命力的肉体一旦崛起，就要开始肇事了。矛盾的机制以其特有的自由律奏演绎了这篇早期的朦胧诗歌。可以说在这第一部作品中，是作为诗人的本能启动了支持着写作的生命体的机制，几乎所有的场景和人物的表演都是依仗肉体的原始力来推动的。当然从一开始，残雪的这种生命体的冲动就同那些"本色作家"完全不一样，从这种感性冲动中可以体察到超强的控制力，就是这个理性控制力在冲动中掌握着诗的律奏。没有这个理性的参与，残雪的小说就不可能有今天这种整体化的景观，而只会是一些碎片。所以这样的小说对于读者的理性能力的要求也是非常高的。残雪小说的抒情往往不动声色，时常通过深层的幽默来表现诗意。当读者如电光一闪似的领略了那种幽默时，她或他的阅读就已经进入了诗的境界。诗的境界就是自由的境界，现代人是在幽默中体验自由的，也只能这样体验自由，因为现代人是矛盾体，矛盾要在幽默中发挥。残雪的小说就是自我矛盾中对立的双方那种超强的张力的实践，它很像刀锋上的诗歌，需要高难度的阅读技巧。这种技巧不能单单通过冥思苦想来获得，而要在实践中训练器官与肢体的能力，让生命体的发动与思维相结合，这样才能获得。

残雪的幽默同现代主义文学一脉相承，是一种自我幽默，这种幽默与现实主义的讽刺完全不相同，它不是对现象的批判，而是在自我的对立面的抗衡中奋进。正因为这样，幽默才能同诗性精神融合——幽默即是诗。如果要问残雪的诗意与现代主义文学的诗意有什么不同的话，那就在于一种对于肉体自由的理直气壮的歌颂。在她的实验小说中，从腐败中诞生的这些卑微的小人物（而不是但丁的帝王、历史名人等）都具有形而上学的崇高特征，正是这些常常连姓名也没有的小人物在提升着人的精神层次，而他们所依仗的，就是那种与精神结合了的肉体的爆发力。这种灵肉互动的诗性舞蹈较之纯精神的诗性舞蹈来说，显得更有底气和韧性，其理想境界的纯度也在对比中加强了。这种诗的能量如同火山喷发，表明文学的新的时代的临近。在连续三十多年的实践之后，残雪的实验文学还能越战越勇，这本身就验证了人的肉体在创造中的能量。肉体领域是一个无限的领域，它就是大自然的质料体的延伸，属于残雪哲学的终极设定中的一方，所以残雪的实验小说的诗意都来自这个肉体。

十八、残雪的全部实验小说都可以看作一种新型的喜剧。并且我认为文学的新喜剧时代在新千年中正在到来。贝克特、加缪和萨特等人的悲剧时代已经过去了，人类虽然遇到了很大的困难，但隐藏的转机已经初现端倪。世界并没有按贝克特等人所预料的，以及后现代主义所渲染的那样发展，而是有另一种规律在暗中起作用。残雪的实验小说在这方面走在前沿，这种小说从一出现就洋溢着一种新的时代气息，虽然这种事物还不为多数读者所认识，却以其顽强的生命力显示出自身的优势。这种小说的世界观与审美观与以往的后现代主义文学拉开了距离，它因为其内部具有矛盾机制，所以发展成了一种最具有建构性和积极性的文学样式。这是一种生长的文学，健康的矛盾机制使得它能不断自我完善，所以"毁灭"之类的后现代主义论调也为它所摒弃。能够自我幽默并幽默到底的文学，自然而然就具有了喜剧精神，叙事和行文当中会不断流露出痛快，狂喜，流泪的大笑，黑色的刻薄等现代喜剧的特征，这种喜剧精神带给人的不是彻底的绝望，而是不顾一切的奋起，与命运搏一把的决绝。总之，它是为加强我们的生存意志与自由意志而存在的。人必须建构起这种自我批判与自我生成的机制，才有可能冲破旧的经典主义审美的瓶颈，开拓出一片持续发展自我、建构自然事物的新天地。人不应停滞在古典精神的怀旧伤感之中，而应不断革新，致力于创造。作为自然界的灵物，这是我们肩负的义务。凡蔑视创新者，都将在未来的时代潮流中被甩下。既然世界是我们所建构的，它是否毁灭就是由人的主观意志和人的生命体的欲求来决定的。这个主观意志和肉体欲望也是大自然的意志和欲求。我作为一名艺术家，今天在此已看出了大自然的主观意志和身体欲求是要人活下去，去创造自由的新生活，我将这个预言以幽默的喜剧形式告诉大家，是在向读者指出一条自我生成、建构自然的创新之路。沿着这条路走下去，我们会变得比以往更聪明，会生活得更愉快和充实。一个人，不论他的能力是大还是小，都有可能以幽默的喜剧精神来对待生活，这样他就会有目标，有追求的激情，难以坠入颓废情绪之中。贝克特式的绝望时代已经成了记忆，后现代主义也不过是人类思潮中的一股支流；时代思潮的发展规律已隐隐显现出轮廓。而艺术家，作为最敏感的大自然的器官，往往能预见到历史的规律。当我们将目光转向自身，又将自身与大自然连为一体时，我们或迟或早都会在实践中发现这条险峻的新生之路，它是挑战、诱惑，也是测试，它也会使我们在幽默的狂喜之中创造性地回归大自然的怀抱。

自由之旅

——张小波的《法院》体现的新型救赎观

一　意义

在文学史上，西方经典文学中那种决绝、酷烈、紧攥不放，横下一条心进行到底的自审模式，在《神曲》、莎士比亚悲剧、《浮士德》，卡夫卡、卡尔维诺和博尔赫斯等人的作品中曾达到极致，扣人心弦，改变了许许多多的读者的人生观。然而今天在中国，就在我们当中，一位文学的奇才再一次用自身的独一无二的体验刷新了西方经典文本的自审模式，为世界的纯文学注入了新的活力。张小波这篇六万字的中篇，以罕见的黑暗的冲动，底气十足、出人意料的浓密的想象力，不可思议的、近似本能的潜在推理，在文学核心的地基上，营造了一座奇诡的，东方风味的建筑物。作为他的同道，我深深地懂得这种稀有的才华是多么宝贵，并以能用此文来解读他的作品而感到自豪。

《法院》是什么呢？他是为救赎而从潜意识开始的自由之旅；是以"事实"（真理的代称）为目标不断突进，而将暗无天日的溃败直接当作唯一的精神生活，并从中诞生自由体验的奇特文本；是以画地为牢，自我监禁的方式来起飞，越过鸿沟，达到精神彼岸的成功尝试；也是于虚无中用意念发光的特异功能的精彩展示。他，是由世纪末的混沌和黑暗催生的，扎根于人性深处的阴柔之花——其养料来自西方，却呈现着东方的神韵。他也是一种特殊的心灵召唤，以我们久违了的神秘、陌生，诱惑而又似曾耳熟的声音，将我们读者带入"生理写作"的充满魅力的幻境，去领略为救赎而进行创造的风景，那来自源头的生命风景。

在西方，卡夫卡曾以一篇《审判》对现代人的生存处境进行了前所未有的描绘，其深不可测的笔力，其水晶般的透明度，令后来的多少文学家黯然失色。但张小波的《法院》，事实上已完全当之无愧地成为《审判》的姊妹篇。这篇作品不但具有前者的种种长处，而且在一个最根本、最关键的方面发展了卡夫卡的文学，超出了《审判》所达到的深度，将我们现代读者对于自身，对于祖先遗产的思考和冥想带入了一个新的维度。也许是虔诚地接受了西方文学的洗礼之后，作为东方古国的作家的优势便起了决定性的作用，张小波的《法院》在对于人性的反省方面，将《审判》中的那种严厉的、全盘否定的感知方式进一步拓展，使之演化成了更为深邃的体认，更为惊险的整合，更具自我意识的、与陈腐现实反其道而行之的突进。人的幻想在这种感知方式中得到了大解放，决堤的洪水朝着冥冥之中的目标滚滚而去。一个幻象接一个幻象，既肆无忌惮，又像是天意安排，类似于音乐对于最高真实的表达。而这一点，大概属于这位东方作家的专利权。我将其称之为新"天人合一"，以区分于古老的扼杀精神的"天人合一"人生观。确实，在这样的杰作中，你会感到东方人那种无与伦比的忍耐力，以及通过冥想将苦难和剧痛直接变为精神游戏的巫术般的本能。只有在遍地巫风的国度里诞生的艺术家才会具有这种本能，千年的压抑与千年的祖先记忆在世纪的文化大碰撞中产生了质变。在先辈艺术家卡夫卡彻底否定的终点，张小波开始了他的穿透死亡之旅，从虚无的、类似于"死"的生活中产生意义，并将这意义当作最高的人生真谛，也就是在彻底的否定的氛围中通过对于虚无的冥想来重新发明仅仅属于自己的精神生活。

除了以上的成就之外，作家还有另一个最大的成就，这就是在带领读者进入幻境的同时，使先辈的文学遗产在文本中得以生动地再现，使那些伟大的作家在人类共同的冥界得以重逢。于是历史的脉络在这个故事中又一次显现。敏感的读者会由此通道进入那条秘密的河流，将唯一属于我们人类的崇高的风景尽情地领略，使身心得到净化。作家对于先辈精神的领悟是极为独特的，那不是被动的"领悟"，而是直接加入演出，以自身充沛的创造力将那个存在了千万年的古老主题进行从未有过的开拓和演绎。

精神是有遗传性的，作家也不例外。但是这种遗传十分古怪，如果一个人意识（自觉或不太自觉地）不到那种基因，他就得不到那种遗传。张小波是具有高度自我意识的作家，他对于自我的挖掘是很深的。因为这种业已形成的习惯，他在下意识的黑暗领域里实际上每天都在与大师对话，这种天赋使得他一开口就能说出真正的寓言，并且是仅仅属于他个人的寓言。正如那些大师的文本一样，精神饥渴的读者也可以从《法院》这样的文本中找到自己急需的东西，并顺着他的冥想思路去领略那些同质的创造，从整体上去把握人性结构的轮廓。但这有一个前提，就是读者本人也得开掘自身隐藏着的可能性，用反复阅读文本的操练来促使自我意识的产生。《法院》正是适合于读者进行这种操练的最优秀的文本。

二 自由之旅

有一位为病人治疗痔疮的名医，于某一天被一名女患者所敲诈，之后又被逮捕，被拘留，从此开始了与法庭打交道的噩梦般的生活，而最后又被莫名其妙地释放了。这是故事的梗概。

在我们生活的世界上有极小一部分作家，他们不使用大众所习惯了的语言，他们也不讲述人人都听得懂的、表层生活的世俗故事，他们另有所图。张小波便是这类作家中的一员。一开始阅读我就为这篇作品那奇特的语感所吸引，我想，这究竟是个什么样的故事呢？会不会在讲述的过程中因为底气不足而"露馅"呢？通过反复地阅读，从模糊到渐渐明晰，一个发光的结构终于在脑海里显现出来。现在回忆起来，这个故事是如此的完美，切入的层次是如此的深，直抵人性的核心，而语言的运用又是如此流畅，充满了活力，无懈可击，丝毫不亚于那些经典的阅读给我带来的震惊。

踏上自由旅途之前的这位有点古怪的医生，其内心已经具备了成为自由人的基本条件，即理想主义的人生观——这从他的职业与他敬业的态度上便已体现出来；自我分析的习惯；某种特异的冥想的能力——二十米开外便能看出人身上的疾患。然而真正的自由是一场非常残酷的生死搏斗，即使一个人具备了条件，他也得依仗于某个"陷阱"才会真正开始那种恐怖的体验历程。医生的陷阱正好出现在他所虔诚对待的职业上，一位女病人诬告他进行性骚扰，他被逮捕，对他的起诉开始了。

医生的意识处在暧昧的朦胧之中。从表面的意识出发，他觉得自己受了天大的冤枉，觉得发生的一切都是一场意外，一个错误，法庭应该倾听他的抗议。然而就像鬼使神差一般，他在下意识里无缘无故地兴奋起来，竟如同遇到了千载难逢的机会一般，开始向自己的对头——法官侃侃而谈，像是倾诉衷肠，又像利用自己掌握的法律知识揭对方的老底、威胁对方。这究竟是一种什么性质的相互关系呢？如果我们将起诉看作人的潜意识的觉醒，将检察官和法官看作人对自我的自觉的制裁，这桩公案便可以从人性的根本的分析上来解释了。医生的兴奋当然不是无缘无故的，这个陷阱，这场同法庭的遭遇，实际上是他长久的渴望和追求的结果。此前，他表面看上去事业成功，生活如意，然而私下里他却过着一种阴暗的、不自由的生活。他看不到他的生活在深层次上有什么意义。也就是说，他不满意已有的生活；他要过一种本质的生活，他在为这种生活聚集能量；终于有一天，这种能量以"陷阱"的形式爆发了。

　　法官在告别人世时会发现，他这一生中无所依托，其实只是从一个梦过渡到另一个梦；在一路上他感觉自己是被一个幽灵吮吸空了的……不能到达情人嘴唇的吻，他甚至连哭泣的力量都没有被给予过。法官是一个没有痛觉的人……一个坐在轮椅上日夜构思自己如何纡尊降贵、和大地亲近的人……①

---

① 　张小波著：《重现之时》，新世界出版社 2002 年版，第 46 页。

医生在此分析的法官的处境便是他自己的生存状况——他被无名的痛苦折磨着，他自视是如此的高，却看不见生活中的意义，因为他没法进入世俗，没法同自己的肉体达成妥协。也就是说，他心里有一个法，只不过还未启动。从这个意义上说，法庭又是他唯一的救赎，这场致命的官司将最终将他拯救。"陷阱"不正是他虔诚盼望的东西吗？这个前期过程同《审判》中的 K 却并不一样。在此，《法院》的主人公显得更具有主动性和阴险的谋略，他甚至在戴着手铐的情形下也在图谋击垮对方的防线，他总是咄咄逼人的。

时代在变化，生存的紧迫性比九十年前卡夫卡创作《审判》时，更为加剧了。所以艺术家在对付这个问题时所采取的方法也在发展着。张小波正是那种抓紧每分每秒去生存，丝毫不放松那根命运之弦，不但处处走极端，简直是将死亡体验当作了唯一的生存养料，像空气和水一样一刻都离不了的艺术家。人需要什么样的活力与本能才能做到这一点啊。而当他竭尽全力这样做的时刻，那种最深层次上的幽默的人生观便成了他的法宝，正是这种奇妙的幽默使他能将人性中势不两立的两个部分统一起来，勇往直前地继续他的追求。

法官甚至忘记了自己尚未退庭，越笑越无法停顿，以至眼泪都流出来了。①

　　椅子也翻在我身上。这时候我显然还没来得及进入现实，也就不感到疼痛。法官指着我大笑不止，他忘记了自己还有一只手在书记员白皙的脖子上。她也吱吱地笑着，但我看出来，她并不是从我身上取乐子，只是内心的颤抖用错了表现形式罢了。她的眼睛里正闪着泪花……②

　　我有时使劲儿嗅自己身上的这种气味，有时也会厌恶它。想变成另一个人，但是，放眼一看，你准备变成谁呢？不管如何，不管我先前有些什么感触，现在，拿在我手里的这张起诉书，却总使我显得没有主意，伤心，叹气，向自己微笑或作鬼脸……你瞧我这个一直不肯适应新环境的豚鼠儿！③

　　这一类的精彩描述在文中比比皆是。一名中国现代艺术家在自由的旅途中，其行为的基调呈现出这种具有无限韧性的幽默——幽默到死。人在幽默中释放情感，升华理念，绝处逢生。在这里，幽默就是自由的冥想，幽默也是飞越鸿沟的翅膀。张小波这种从根源处生发的幽默在中国文坛上标出的高度是难以企及的，它来自一种

①　张小波著：《重现之时》，新世界出版社 2002 年版，第 68 页。
②　张小波著：《重现之时》，新世界出版社 2002 年版，第 79 页。
③　张小波著：《重现之时》，新世界出版社 2002 年版，第 86 页。

天生具有高度哲理感悟的大脑。我们自己的文化传统中是没有这种基因的，张小波不仅仅继承了西方经典文学中的这个基因，而且将其发展成一种东方式的冥想。这也是东方人在精神领域中所树立的独特形象。

通过冥想让肉体消失，进入一种抽空了具体性、世俗性的抽象的"故事"，并在那种故事中达到对外部险恶处境的遗忘，用意念来破除桎梏，这是同法庭晤面之后的医生一直在做的事，这种行为其实质便是体验自由。

> 起初我并不是很适应，还有些艰涩，要使用一块无形的橡皮擦来擦去，涂改，修饰。但终于越来越情不自禁。一个安装义肢的人在幻肢感消失后开始在大地行走。……我完成了一章又一章，近九十天的时间里我没遭到囚禁。因为我只是罗贝尔·L。①

医生一旦同法庭谋面，其自我意识便空前高涨起来。整个的自由旅途实际上都是由这些冥想构成，而他本人，明显是越来越自觉、越来越自由了。不过自觉与自由的前提并不是自明的，反而是

---

① 张小波著：《重现之时》，新世界出版社2002年版，第71页。

莫测的，蒙昧的，每一次重新向前迈进都要依仗于体内的原始冲力朝某个隐约中感到的方向去突围。这种逼死人的自由属于极为强悍的心灵。

由冥想获得的整合的能力在被告与法庭的直接关系中也不断体现出来。被告的对手是法官和检察官，但他们的旁边总是有一位第三者——书记员或实习生。在法官或检察官那滔滔的雄辩将被告打垮之后，这位书记员或这位实习生便来同被告调情，其实也就是向被告暗示，法庭与被告有着共同的利益，双方正在合谋一桩救赎的阴谋，一切都不可掉以轻心，一定要竖耳倾听对方的脉搏，将猜测与冥想进行到底，一旦发现法律的缺口便立即实行突围……书记员或实习生既是引诱者又是法律的使者，他（她）使得冷冰冰的法律也具有了人情味。不过被告在他（她）的引诱下并不能得到解脱，解脱不是他们希望看到的，他们只希望被告奋力挣扎，将冥想发挥得更为极致，将故事编得更为精彩，他们同他们的法官或检察官一样，深深地懂得被告只有在那种瞬间才是真正自由的，所以他们大家努力地促成这种自由。这也是法律缺口的作用——诱使人突围。被告敏捷地接收了暗示，他说：

　　眼下，与渴望开释相比，我更向往法庭。不管怎么说你不能讲一条无家可归到处乞食的狗是自由的，狗没有个体意志可

言；你要承认，惟有法庭是为被告开设的，是他的场所……①

表面的对立成了黑暗中的合谋，这是什么样的奇观啊。张小波的整合的感悟方式属于我们，但如果我们不拿自己开刀，不像他一样进行外科手术似的解剖，他那独一无二的思路便会将我们排斥在外。这从多年来这个作家在文坛的命运就可以看出来。天才默默地产生，并没有人真正认清他的意义。

确实，这位作家在解剖自我时的冷酷，在自我分析的推理中的镇静、耐力和坚韧，在文学史上都是少见的。

……一个守役用手捂我的伤口，但血还是不断地渗出，搞得我满脸都是。气味像乙醚那样刺激——"为了使你的血更甜，平时请多吃点糖。"一个魔鬼这样告诉少女——血把一个守役的制服搞得一塌糊涂。

……我躺在地上，血腥味儿引来无数只苍蝇，落在我头部、脸上……我一点也不愿赶它们走。②

---

① 张小波著：《重现之时》，新世界出版社 2002 年版，第 83~84 页。
② 张小波著：《重现之时》，新世界出版社 2002 年版，第 74~75 页。

用头撞开地狱之门之后，医生要尝自己的血，他沉浸于嗜血的意境，他的思维在这种极致的意境里如火焰般上升。接下去就得进行那种凡人难以想象的推理了。医生的推理是一些隐匿的、连他自己也未见得意识到的线条，所有的线索都导向无法抵达的"事实"，明知抓不住事实，却还要凭一股蛮力向其发起冲刺。

　　罗利之死，质言之，是他的非凡痛苦的心灵与消失的无法重现的全部事实的一次根本性调和，他为后来的人类赎尽了羞愧。①

艺术家的逻辑就是通向死的体验的逻辑，通过这种体验来解决心中的致命矛盾。而这里的所谓编故事，属于"生理写作"的范畴。因为是生理写作，推理也就成了古老本能的再现，即只要执着于"死"的意境中，推理便可以持续不断地进行下去。张小波的例子验证了先辈经典作家的见解：生理写作是最高级的写作；谁将这种返祖的特异功能保持得最好，谁就能成功地展示核心的结构。

　　……我在换取另一个人（恐怕是一个已不在人世的人）的

---

① 张小波著：《重现之时》，新世界出版社 2002 年版，第 83 页。

梦魇般的灵魂。我一点点地进入罗贝尔·L，文明不同类型的相互拒斥，对恐怖、苦难、屠杀、权力和荣誉，被黑暗所消溶的性欲……的不同体验理解，他性格上的倨傲，所有这些，使我有时候不得不退回来，有时候不得不瘫坐在地板上气喘吁吁，大汗滂沱。我通过一个噩梦、一匹马、一次疟疾……改变着自己，削弱自己。忘却自己；像"请碟仙"那样，我的嘴开始默诵出《人类》的开头部分……①

这就是那种类似巫术的作业。推理的线条极为隐晦，一旦被揭示，却发现是铁的逻辑。所以可以肯定，这样的小说不是用大脑"想"出来的，不论深层的逻辑多么严密，那也是集体潜意识在特异个体身上的体现。一个作家的虔诚，是启动潜意识宝藏，发展遗传基因的根本。像张小波这样不要任何依托地凭空讲述，说出的任何句子都只能属于诗的范畴，因为这是从地狱深处酝酿的故事，是彻底的"否"之后，如《浮士德》中的荷蒙库路斯那样纯粹的结晶物。所以难怪在医生那临终的眼里，连巴黎也"是一堆纯物质性的东西，比糟粕也不如的东西"②。

---

① 张小波著：《重现之时》，新世界出版社 2002 年版，第 70～71 页。

② 张小波著：《重现之时》，新世界出版社 2002 年版，第 71 页。

文明的伪装溃散了，本质的结构从废墟中显现。这一切都是在自由的冥想之中达到的。

那么，艺术家为什么非要通过一个这样极端的故事救赎自己呢？他借主人公的口一次又一次地告诉我们，是因为恐惧，因为怕死。他害怕那日夜不停地像海潮一样袭来的颓废和虚无感将他彻底吞没，向死而生是他唯一的选择。

当阴影脱离了栅栏，以不可思议的重量向我坠落，我无比清晰地看到了它的面孔。它饱满、愚蠢，强有力的下颌、一排牙齿、一条拉到口腔外面的湿漉漉的舌头。这条舌头滑过我的面部。我叫道："不——"①

这是命运在安排主人公同死亡晤面，而他叫道："不——"他绝不能像那个人一样"带着死的念头活着"，即心死，或行尸走肉。于是，他必须竭尽心力将这场审判进行下去，因为稍有松懈便会像那个人一样坠入无底深渊。医生自问道：

当阿X像一个人妖"带着死的念头活着"时，审判是否

---

① 张小波著：《重现之时》，新世界出版社2002年版，第57页。

呈现了自身意义的乏缺？那个向我通报事变的山地人又是个什么角色？①

医生不但不心死，而且还走火入魔，越活越有味了，他的审判是充满了意义的。他也怀着"死"的念头，不过他的"死"和阿X的死有质的区别，或者说正好相反。那位山地人是一位使者，是将医生引向冥界体验的媒介。

医生在冥界（梦境）里走了一遭，他以"小心翼翼的爱"去梦见一位美丽的女人，他直接聆听神灵（自我）的声音，终于，他像穆罕默德一样用意念移动了山，他恢复了。

在审判的历程中，艺术家借一位 M 律师的口说出了所谓"真相"。即法律永远是不完备的（也即理性制裁永远是需要人不断破除的），法律的真实意图永远莫测。M 律师所说的其实是：人生就是一场破解谜底的生命运动，一场不断为自己设障碍又不断破除这障碍的搏斗，法律永远是需要更新的，人不能直接抵达真相，只能用生命的运动来感悟真相（"往往要运用一些似是而非的比喻才能抵达"）。久经沙场的 M 律师告诉医生，他的案子"像一则寓言那

① 张小波著：《重现之时》，新世界出版社 2002 年版，第 59 页。

样既荒诞又隽永，正是司法官们可遇不可求的案子"①。

当律师这样说的时候，医生其实已经半自觉半蒙昧地生活在这种氛围里头好久了。他被关押了那么久，"人却依然白白胖胖""怎么也不像个被告"。而医生声称，自己并未受到拘禁，因为他"是一个有学问的人"。于是律师声色俱厉地逼问他有学问与不受拘禁有什么关系。这一逼就从医生口中逼出了关于罗贝尔·L 的故事及《人类》那个凭空杜撰的奇异故事。医生的精神养料在这里，他在同先辈的交合中进行独创。医生用他的辉煌表演说出了他的案子为什么会既荒诞又隽永的根本原因，这是一个追求永生的人的秘密法宝。

在张小波的《法院》中，人的主动性超出《审判》进入《城堡》的氛围，而善于冥思的医生，其意念是如此集中，他的行为本身就有点类似于先知了。这是一个用行动来实现自己的理想追求的先知，他总在向上，总在追求光，从未有过真正的颓废和放弃。他说：

> 死亡把百无一用的生命献给了虚无，不但献给了一个空洞

---

① 张小波著：《重现之时》，新世界出版社 2002 年版，第 107～108页。

的虚无，而且还献给了一个怒吼的虚无……①

　　艺术家将自己生存的一切通通抽空，抽空却是为了"怒吼"，为了让生命发出咆哮，此处说得多么好啊。像医生这样迷恋生命的人，当然是无论在什么样的险恶条件下都要挣扎求生的，他又怎么可能颓废呢？在监狱的最深的黑暗之中，他人不知鬼不觉地进入那种高级的思维形式里，享受着人所难以达到的高级的陶醉，那不就是极乐的境界吗？他又怎能轻易放弃这一切呢？所以后来他被宣布"自由"，他的起诉被取消时，他便出于惯性激烈地加以反对了，因为到这个时候，审判已成了他生存的空气和粮食，任何的降格都无异于死。当然，法律永远是看不破的，法在此给予他的，仍然是他已经习惯了如此之久的自由。从今以后，审判的主动权已交到他自己手中了。也就是说，他爱什么时候审判自己就可以审判自己，只要他不离弃法，自由就永远与他同在。他是世俗中那"许多陌生的疲乏厌世的面孔"中的一张生机勃勃、精力充沛，目光深邃的面孔。经历了这场惊心动魄的审判之后，通向死亡的颓废之门关上了。

－－－－－－－－－－

　　①　张小波著：《重现之时》，新世界出版社 2002 年版，第 92 页。

三　精彩片断解读

　　我突然把手伸出去摸索起法官面前的桌沿，这个动作使法官吃了一惊，不知我何以这样。这当儿，我的手已经飞速地收了回来。这不是恶作剧，这是一次意外，又一次意外。①

　　医生在斗法的过程中受下意识支配做出了冒犯法官的举动，他将自己的举动称为一次意外。另一次意外则是他于恍惚中对女病人身体禁区的亵渎（也许并没有，这种含糊极妙），那次行为导致了他的被捕。这种他将其称之为"事故"的行为，究竟属于什么性质呢？说到底，正是种种的意外（或称为事故、罪、恶行）构成了我们那必须彻底否定的人生。一个具有自我意识的人，终生都处在与自己的意外相持不下的过程中，意外有多大，制裁就有多严厉。然而这并不能使这个人避免继续制造更多的意外——假如他是如医生这样的"歹徒"的话。

　　他相信，该被告正竭力要使自己躲入疯狂之中，以避免受

---

① 张小波著：《重现之时》，新世界出版社 2002 年版，第 45 页。

到更深的、几乎等同于原罪的折磨和伤害。他想，这个谵妄型的被告自己可意识不到这一点。于是他忍不住使用了一个愉悦的表情。……"我宁可把你看作是一个佯癫佯狂的家伙，甚至还很想看到这种场面：你冲进人群，高声喊：'我杀了上帝，我杀了上帝。'我一生能经历这样奇特的事件也算造化了。……"①

此处泄露了法官的天机，即他生平最为盼望看到的，就是被告的"发疯"。发疯亦即突破常规，用凭空而生的意念和狂想来构建一个空灵的世界，将理性踩在脚下让欲望为所欲为。只有被告变成这样，法官所积蓄的能量才有用武之地，他将伺机出击，突然将被告打倒在地，让狂妄的被告领略铁拳的威力。当然接下去又是新的造反，新的亵渎，无休无止。

……我要据此默写出从未读过的《人类》。想想看，这是怎样一项工程，怎样的……奇异、不可思议（会像通天塔那样触怒上帝）。与其说它需要卓绝的智力和运筹，还不如说我在

① 张小波著：《重现之时》，新世界出版社 2002 年版，第 46～47页。

期待恩赐。①

    "……他讲了这样一句难以理解的话：'谁要对我讲基督的仁慈，我就说达豪。'……"②

创造是一件依仗于天赋的活动，获得了恩赐的艺术家，祖先千年积累的黑暗中的财富才会源源不断地流向他。仁慈意味着生，艺术家在"生"之前必须先体验达豪集中营那残酷的死亡。经历了集中营的折磨的心灵，就获得了自由之旅的通行证。医生在拘留所经历的"达豪"，表面看好像是外部的强加，是偶然的不幸，其实全是他下意识里的选择。可以说，他始终走在"正道"上。

    但他从不在汇单上的汇款人一栏里写自己的名字，而是任意从古典小说或民间传奇中取一个人物来替他行义，如刘伯温，杨志。③

    他在我背后悉悉嗦嗦地解衣服，坐在椅子上毫不犹豫地把针扎进大腿。灯光把他的影子送到墙壁上。我的呼吸变得急促起来，感到人世间什么希望都没有了。生命既脆弱又难以了

---

①② 张小波著：《重现之时》，新世界出版社 2002 年版，第 70 页。
③ 张小波著：《重现之时》，新世界出版社 2002 年版，第 72 页。

断，连瘫痪都没有可能了——毫无来由的超验。①

以上是医生关于父亲的描述。父亲是儿子的导师，他以身作则，于无言中告诉儿子，在另一个完全脱离了俗气的世界里，温情只存在于古代的传奇之中。他幽默而平和地给儿子启蒙，让他看到"生"的真相——有痛才有"生"。如果你坚持不下去了，你所面对的就是死。他以自己的苍老病弱之躯，向儿子显示男子汉的坚韧和毅力——即使痛苦到了极限，也要独自承担到底，绝不"一死了之"。

　　……是为公义而设的，你稍稍想一下就明白啦，当照相机的快门打开时，胶片上显示出什么——不是风景中的游客、王朝建筑或赛车。你错了，不是！——而是胶片自己的功能，它对世界存在的光学判断，上面的映像只是对其功能的证明——法庭的道理与此如出一辙。②

法庭是一面高悬的巨镜，自从有了人类以来，镜子的作用就被

————————
①　张小波著：《重现之时》，新世界出版社2002年版，第73页。
②　张小波著：《重现之时》，新世界出版社2002年版，第84页。

发现了。因为人想看见自己；人是唯一想看见自己的动物。同人类一道诞生的法庭将人的本质清清楚楚地映出来，不论人类历史如何变迁，这个功能始终如一。法律是为了公义而存在，公义是为了爱而存在，而爱，是人类的本性。为了爱的实现，人设立了法庭这个最严厉的自审机构，它以其无所不包的功能，促使人一天天变得更像人（或"被告"），更为自觉，也更具创造力。

"我不但没有未来，也没有现在，也没有过去……我其实是个纸人儿，连五脏六腑都没有了，还有什么好说的？"他边哭边说，并且放下一只手来轻轻捶打着地板。"那你就给我像纸人儿那样飘开，"我突然发起脾气，恶狠狠地踢了他一脚，"一个孬种、贱坯，那你来缠上我干吗？你欠揍呢。"①

医生是多么有元气啊。调酒师的处境就是他的处境，那失去了生的理由的、漆黑一片的处境。但因此就该自怨自艾吗？在医生看来，那漆黑一团的绝境，也许是人自行发光进行创造的佳境。医生虽未明确意识到这一点，但从本能上就讨厌颓废，排斥软弱。在同法庭接近的每一阶段上，他的表现皆是用全力的挣扎来消解已有的

① 张小波著：《重现之时》，新世界出版社 2002 年版，第 87 页。

所谓"现实"规定，创造仅仅属于自己的新境界。所以后来调酒师说："你这一脚可把我踢醒了。"这就是说这一脚启动了调酒师内部的创造机制。于是他开始了讲述，即忏悔。这种近乎生理性质的忏悔形象就是写作者的形象。写作者在致命矛盾中讲述，在良心的审判中延宕，以其积极的生活方式重建了生活的意义。于讲述中看透生命的本质之后，调酒师终于进入了类似医生的追求的境界，他甚至达到了幽默，一心只想幽默至死。像医生凭空梦想出《人类》那本书一样，调酒师也要梦想出从未读过的卡夫卡的《美国》。

其实他可真算得上是两手空空呢，如他自己所说的，他扮演的一个以取消严肃性为己任的滑稽角色，是其所不是的一个。不消说得，整个律师阶层是为了调节公众生活与法律的龃龉而存在着的，M连这种功能都近乎丧失了。

……是啊，也许自M来到人间时就先天地缺少某种东西。但他认为自己有过，只是现在失去或因不合时宜而无用了，所以才会说出"连形式上的怀旧也不可能"这种话来，实在要让人为之欷歔。①

---

① 张小波著：《重现之时》，新世界出版社2002年版，第99页。

老奸巨猾、洞悉两界秘密的律师的工作表面看是为被告辩护，而实际上是一种奇异的交合——将法律世俗化；将世俗法律化。这样的工作是多么不可能，而偏要去从事这种工作的个人身心又会受到什么样的折磨啊（"既老迈又瘦小，正在战战兢兢地穿过马路"）。然而每位真正的艺术家的内心，就真的有这样一位律师，一位自始至终维护着他的精神，使其不至于崩溃的使者。他对最高理念具有那种虔诚，但他也深知理念是多么不可能贯彻到世俗生活中去，不但不可能，"连形式上的怀旧也不可能"，因为"不合时宜"。可是这位智慧的老人，他在法庭上那种天马行空似的激情，却正是来自对于人性结构的洞悉——人不能违背法律，只能一遍又一遍申述自己要活的理由；即使法庭永不开恩，被告也不能放弃辩护；被告甚至要以攻为守，指出法律对于自己那种先验的依赖性。在这种滔滔的发挥中，律师甚至将辩护变成了诗，诗的灵感则来自他藏在肚子下的一只小猫咪——直觉的化身。至于结果——结果同得救有什么关系？古典主义的伟大时期已经过去，今天的人们活得如此艰难与猥琐，但在辩护中，只有在辩护中，天堂之光穿透人心。

……目前从最高法院到基层法院都在流行一个时尚，即：一件案子的审理是否被认为成功，往往决定于最后的判决辞上。如果判决辞极短——哪怕只有一句——且已经使事实及法院的态度都包含进去了；极精彩——但这往往要运用一些似是而非的比喻才能达到——以至只有经验丰富、学识渊博的法学家才能了解和欣赏。这样的审判才会被认为是完美的。……他们遇见的绝大部分案子要么冗长、复杂，再怎样都无法用短短的判决辞加以概括和定罪量刑；要么平淡无味，即使几个字就足以打发但无法使之精彩。[1]

M 律师在这里说到的他心目中的"成功"，指的是审判是否能直抵核心与真理，法官、被告和律师是否都对精神方面的事务十分熟悉，抓得住根本。只有这些条件都具备了，各方面的力量都动员起来了，案子的审判才会完美。总而言之，各方都要心中有数，明白这是一种特殊审判。冲力，理想主义，运用隐喻的能力，创造的经验，对内部复杂结构的把握，这几个要素是关键。律师此处分析的也是写作的机制，以及这个机制是如何启动的。

每个人都拥有自己的相貌，但律师的相貌已经越来越模糊了，非但如此，它甚至不具有性别，M 先生认为自己摸到了一

---

[1] 张小波著：《重现之时》，新世界出版社 2002 年版，第 107 页。

个极好的门径，他准备借法与时尚之间的空隙施行一次不流血的外科手术，但这使我感到卑贱、龌龊。……哦，律师，他惟一能做的就是脱离和土地的一切联系，作为一块牌位和理论上的存在保留下去。就像水中这张面孔，由于得不到休息，嘴唇上起满了水泡。我是从深渊上升到黑暗，稍不警觉就会错误地认为情况正变得好起来。①

律师作为暧昧的中间人，渐渐抹去了自己的世俗特征，显出其纯精神的底蕴。在此过程中，他要将医生的肉体存在也彻底抹去，对他"施行一次不流血的外科手术"。也就是说，他要在法庭上作为一个幽灵出现来为医生辩护，完全抛开表面意识层的正义、面子、身份、虚荣等，只谈属于另一个世界里的事务，在挑战法庭的同时与法庭调情。由于医生不可能彻底脱掉凡胎，所以他对这种辩护的方式既不习惯又感到痛苦，这种奇异的交合令他恶心，看不到出头之日。然而尽管焦虑、痛苦，医生却已从水中一下子看到了他的自我的面孔——量变已转化成质变。他所经历的这场漫长的审判，不就是为了这个吗？

---

① 张小波著：《重现之时》，新世界出版社 2002 年版，第 113 页。

党魁，现金保管员，乞丐和眼球捐赠者是为这篇未来小说预定的四个人物，他们之间的关系几乎对称和等值。……①

这一段是内在创造机制的分析。党魁——理念，现金保管员——世俗中的表层自我，乞丐——欲望，眼球捐赠者——献身精神，它们之间的关系是精神与肉体、崇高与卑贱、本能与超脱、美与丑等人性范畴中的矛盾关系。它们之间相互制约、互为存在。党魁通过现金体现自身；乞丐与眼球捐赠者总在一起；党魁又离不了乞丐；眼球捐赠者又要通过卑贱的乞丐来实现其高尚志向。以这四个人物展开的故事近似于卡尔维诺说的"用空气搞设计"，这样的故事只有暗无天日的纠缠过程，不可能有结局，卷入故事的讲述人则会变成一个纯粹的讲述工具，再也难以介入世俗生活。医生在这个意义上感到前途黑暗，被虚无感所击倒，而 M 律师则鼓励他继续活在自己的虚构中，因为那是他从今以后唯一的存在方式。

一个人在他的梦里听到了木屐声，这声音是从回廊或甬道尽头传来的。由远而近，越来越响。最后停在了此人的卧榻之侧，他会被这声音惊醒吗？②

---

① 张小波著：《重现之时》，新世界出版社 2002 年版，第 110 页。
② 张小波著：《重现之时》，新世界出版社 2002 年版，第 114 页。

这是作为纯精神存在的做梦者的感受。这种梦是要做到最后一刻的，对付梦中的恐惧的手段也只能是更多的梦。命运既悲惨又幸运，生活在两极的艺术家必须在这种状况里耗尽心力。

"你在说法律吗？这实在是个严肃的话题。我为法庭当差的年月越长就越不敢提及它呢。好啦，我告诉你，即使你走上了法庭，你所能看见的也寥寥无几——几乎什么也看不见……"
"特别程序的好处正在慢慢体现出来。像花儿绽开那样，你就会看到的……"①

法就渗透在人间，但人却看不见它；人虽看不见它，却又每时每刻感到它。既然在法庭上看不见任何具体对象，用语言来辩护也无从谈起。那么法律的程序如何展开呢？法律程序其实是由医生自己"做"出来的，在各式各样的场景和周围的"人物"的暗示之下，带着抵触情绪或不带抵触情绪去做，一步步地向前走。瞧，他走过来了，他穿过了末日的风景，他来到了一个围墙缺口，他从那个缺口走出来，又回到世俗，并身不由己地关怀起世俗中的事物

① 张小波著：《重现之时》，新世界出版社2002年版，第117页。

来。他能干什么呢？从此以后，他要面对着那巨大的骸骨雕塑，在负疚中生存。也许这一切都不是医生表面意识到的初衷，但他的潜意识的本能那么强大，于不知不觉中将他引上了正道，他只能这样走下去了。

在我看来，这场来自法庭的骗局也许仅仅是通向生活的入口，想想看，像我这样一个内心怯懦、连自白这一个缓解焦虑的有效形式都羞于运用的人，却从一开始（何时开始？）就把命运寄托给一个貌似神圣的机构去展开，而我自己倒成了一个附着在它上面的旁观者。稍不注意，我还会错误地以为自己承受了多大的苦难呢。①

医生从此可以生活了。或者说，因为有了另一种秘密的生活，从今以后，他在世俗中的一切都被赋予了意义——因为一切都是为了维持肉体的活力，以便更好地进行那种秘密的生活。或者说，因为有了内心的生活，他对于世俗生活的那种固有的厌倦反而消失了，因为一切都可以在审判中交叉进行，有了监督的机制，世俗生活便在某种程度上被纳入了理性的轨道。

---

① 张小波著：《重现之时》，新世界出版社 2002 年版，第 122 页。

超脱出来之后医生开始看淡自己的苦难了。他觉得他身上的法庭机构具有某种先验的性质，他个人的承担反倒有几分被动。于是感恩战胜了自怜，对于法庭的向往更为强烈、更为坚定了。从这个意义上说，他的命运就是法的命运，他依仗法来拯救自己，法依仗他来实现自身。

什么是"新实验"文学

一年以前我曾同张小波讨论过什么是"我们的文学"的问题，当时他提出，将我们的作品称之为"描写本质的文学"比较贴切。现在时间又过去了一年，在反复接触这个问题当中，我越来越觉得应该将我们这种特殊的文学称之为"新实验"。做实验的特征的确贯穿在我和我的文学同人的作品当中，但我们的实验同西方新小说那种以文本为主的语言实验又有很大的不同。我们是在自身的内部从事一种暧昧的交媾活动，而外在的形式上，反而保留了对经典文学语言的尊重。在这个意义上也许可以说我们的颠覆更为致命，因为这种文学是直接从人性最深处通过力的螺旋形的爆发而生长起来的，它的合理性不言自明，它的生命力不可估量。

十五到二十年前，我们这几个散居在各地的人不约而同地孤军奋战，开始了这样一种向内挖掘的、暗无天日的写作。我们不知道为什么要这样写，只是隐隐约约地感到，只有这样写是最过瘾的，最高级的，最痛快的。实际上，我们不知不觉地在进行最初的对自身的剖析。对于一个具有强烈的自我意识的人来说，所有的"外界"都是他自身的镜像，只不过他自己在早期并不清楚这一点（许多伟大作家一辈子也不知道，这并不妨碍他或她搞创作）。那么，为什么会进行这样一种实验？为什么又会不约而同呢？我想，这大概是一种总的愤怒爆发的前兆吧。我们自身的精神被压抑得太久了，本能的报复冲动使我们得以进入一个民族巨大的潜意识宝藏，并使这个宝藏第一次属于我们自己。

当然，我们早期这种下意识的特殊写作并不是得自某种神灵的启示，也不是炼金术。从事这种写作的人都是极为特殊的个体，是如同张小波在《法院》这部小说中所说的那种在二十米开外便能看出人身上的隐疾的人。曾经一度博大精深的中国文化造就了我们这样的具有特异功能的个体，而在世纪之交的文化大碰撞中，我们潜在的特异功能被一种完全异质的思维方式所激发出来了。一旦找到先进的工具，由于我们已有的不同于西方人的特殊底蕴，我们几千年的那种积累便成为我们的优势，于是我们那有些神秘的、说不清的创造就变得如此的得心应手。我们的创造活动是"化腐朽为神奇"的活动。

一反以往中国主流文学在人性的浅表层游荡的惯例，"新实验"文学所切入的，是核心，是本质。"新实验"文学，也是关于自我的文学。即拿自己做实验,看看生命力还能否爆发,看看僵硬的肉体在爆发中还有多大的能动性,是不是冲得破陈腐常规的桎梏。这样的文学具有无限宽广的前景,它摒弃了传统文学的狭隘性和幼稚性,直接就将提升人性,拯救自身当作最高的目标,其所达到的普遍意义确实是空前的。而要做到这一点,作家首先就要自觉地运用蛮力进入自己那分裂的灵魂,自相矛盾,以恶抗恶,在灵界展开痛苦血腥的厮杀,由这酷烈的厮杀升华出终极的美来。在创作的自觉性的支配之下,我们每个人都在自己的杰作中做到了这一点。也许可以说,这就是艺术家将自我放上祭坛向全人类展示的壮举吧。我们为此而自豪。

我们的高难度的创作的具体方法与众不同,它更依仗于老祖宗遗留给我们的禀赋,操作起来有点类似巫术似的"自动书写"。但这不是巫术,反而是与强大的理性合谋的、潜意识深处发动的起义。一个从事"新实验"的写作者,他必须具有极其复杂敏锐的感觉,和某种天生的、铁一般的逻辑能力。这两个从事写作的基本条件又必须同作为西方文化核心的内省的操练相结合。我们对灵魂的叩问并不是浅表层次的"自我检讨"之类,而是在冥想中进入黑暗通道,到达内心的地狱,在那种"异地"拼全力去进行人性的表演,将人自身的种种可能性加以实现。每一次创作都是一次战胜旧我,诞生新我的实验。之所以说这种创作是高难度的,是因为你必须脑海空空，无依无傍；你必须于空无所有当中爆发，产生出拯救你自身的光。这种听起来神秘的方式却又是最自然最符合人性的。也就是说，这样的写作者在创造之前已进行了长年累月的自觉操练，操练使得他具有了一种深层的隐秘生活——同人的日常生活平行的生活。当一切准备就绪之时，写作者便在创造的瞬间从世俗中强行挣脱出来，进入仅仅属于他一个人的领域。只有在这类瞬间，他才成为艺术的人。然而创造是多么的不可思议啊。创造者被悬置，在看不到背景，也没有导演的情形下进行自力更生似的表演，他唯一的参照是那黑暗的深渊里发出的微弱的回响，唯一的依仗是体内已经被发动起来的蛮力。每一次向极限的突破都是一次"绝处逢生"的"新实验"。如果你的艺术生命不完结，你就只能不断地"绝处逢生"。所以"新实验"文学是一种没有退路的文学。她也绝对不能"回归"——因为无处可归。她属于彻底的理想主义者，属于那些能自觉地否定自己，改造自己，并决心要自己拯救自己的灵魂的人。

作为在中国本土成长起来的艺术工作者，我们每一个人在创作的瞬间都无一例外地呈现出艺术至上的倾向，其对艺术的虔诚度在整个中国文学史上都是从未有过的。这是因为对于我们来说，只有艺术本身是唯一的救赎之道，我们的人格，就体现在作品的艺术格调之中。这是一种无比宽广，能够普及众生的精神追求，所以我们的作品能够向每一个人敞开。每个人，只要你对自己的世俗生活不满，只要你向往另外一种理想生活，就具有同这种文学结缘的可能性。我们的作品并不像某些惰性十足的批评者评论的那么不可读，只要你具备一定的现代艺术常识，并愿意向西方文学学习，在阅读中总会有所收获。当然阅读这种文学对大多数人来说也许会是一个漫长的、渐进的过程，一个充满了困惑、枯燥，甚至痛苦的过程，这都是由于我们自己的文化中缺乏自省的因子，不能进入人性所致。然而阅读者只要坚持下去，其收获一定远远大于那种浅层次文学的阅读。你将在不知不觉中获得一种新型的感受方式、思维方式，开始你自己的也许曾经有过，也许从未有过的"新实验"的历程。

"新实验"文学所具有的向内的特征，使其区分于别的文学种类，她只关心人的心灵。可她并不像某些权威概括的那样，是一种狭隘的、关注"小世界"的文学。到底谁更宽广？到底谁的世界更大？什么是大，什么是小？当我们接触这类问题时，必须破除传统的或意识形态的思维定式，才有可能从文学本身来做出判断。向内的文学实际上比大部分表面层次的向外的文学要宽广、宏大得多，因为我们各自开掘的黑暗地下通道所通往的，是无边无际的人类精神的共同居所。我们的精神历程所具有的普遍性可以与天空和大地相比，这种追求超越阶级、国界、人种等的限制，在任何地方都有可能得到共鸣，而我们的民族性也使得这种文学的表现形式更具独特魅力。所以我们坚信：在文学上，深与广是成正比的；你切入了本质，你就获得了最大的普遍性。也许暂时，这种文学没有特别大的社会效应，大众也不会都来关心她，但她吸引读者的潜力是无限的。因为这是精神第一次独立地在这块古老的大地上站立起来，也是人作为大写的"人"第一次尝试发声——在沉默了几千年之后。

向内的"新实验"切入自我这个可以无限深入的矛盾体，挑动起对立面的战争来演出自我认识的好戏。同几千年的文化将人性看作平面的、善恶对立的东西这种观念相反，我们的艺术自我是一种既由尖锐的、永不妥协的矛盾构成，又能包容一切，具备了无限制的张力的存在。艺术工作者只要还在创作，他的灵魂就得不到传统意义上的安宁，他的安宁是走钢丝的过程中达成的平衡，他的救赎是时刻面对死神，同死神争抢时间的救赎。他只能身处这种酷烈的精神生活中来诞生美。如但丁"神曲"中的描述一样，我们的作品力求达到的，就是这种具有普世意义的情怀。而在我们汉语文学中，这种东西却是最最缺乏的，长期被漠视的。传统的审美提倡的是化解内心矛盾，用虚无来替代矛盾的模式，在这种表面淡泊，实则不无伪善、退缩、遁世甚至厌世的模式中，人不可能获得真正的和谐。因为人非草木，人具有精神，而一个具有精神的人只能是一个处在矛盾中的人。一个人，如果他要发展自己的精神世界，唯一的出路就是进取，是面对自身的矛盾去拼搏，否则你就只能退化为草木，满足于传统的"天人合一"。"新实验"文学为读者做出榜样，将解剖自我、认识自我作为人生第一要义，以积极向上的生命哲学为底蕴，将纯艺术、纯文学的体验推向极致。

"新实验"文学充满了对生命的推崇，其最高宗旨便是爱的实现。凡是虚无、颓废、厌世之类的生活态度皆与这种文学无缘。从事这种文学的写作者都具有某种"分身法"，他们既在现实生活与理想生活之间分身，也在作品里头分身。当写作者从人的根源处看待世事，达到了那种彻底的体认，同时又决不姑息之时，他就会在作品中将世俗中所具有的一切都"拿来"，使之变成构建理想大厦的材料。这种转换所产生的作品既高高在上，又散发出浓烈的生活气息、平民气息，因为它表达的是每个人类中的一员的可能性，是普通人的理想追求。人在作品中忏悔，对自身的俗气展开斗争，展开围剿，都是因为渴望天堂之光的照耀。当人进行复仇表演，并通过这表演推进认识之际，其潜在的驱动力正是处在黑暗中的爱欲。如果不是无条件地执著于宝贵的生命，如果不具有崇高的理念，这种写作是坚持不下去的。因为无时无处不在的、吞噬你的虚无感将会击溃求生的意志，使你退化，使你麻木。在我们文坛，这种麻木与退化居然长久以来都被誉为"高尚"。我们却认为，只有那些能够不停地批判自身、否定自身的人，他的生命之树才会常青。我们所处的，是一个虚无主义、现世享乐主义占上风的文化大环境，我们要坚持我们的实验就得不但与自己的俗气对抗，也与外部的压力对抗。作为社会中的一员，我们不可能消除自身的俗气，但我们可以在作品中忏悔，可以将自己设为对立面来加以批判，通过创作，我们能够认识。

　　"新实验"文学的写作者没有世俗意义上的故乡，他只有精神的故乡，艺术的故乡。这个故乡是他创造活动的源头，也是唯一的他所日日向往的、正在不断向其回归的理想。也许有人说这种理想像虚无，但它绝对不是虚无。它是我们用热血，用生命的喷发力所构造的天堂。那个地方是如此超脱和澄明，摆脱了一切世俗的阴影，只有白色的乌鸦在空中自由飞翔。然而这种地方却不是世外桃源，恰好相反，她时刻处在最为致命的矛盾的张力之中：她的超脱澄明来自供给她营养的沉沦与黑暗。她是一个随时可能消失的奇迹。如果写作者不敢下地狱，不敢面对酷刑，这个天堂就根本不存在。所以说"新实验"文学的写作者又是一些入世的行动者，他们批判了一切，摧毁了一切，又用冥想丰富了自己故乡的风景。这种在摧毁当中不知不觉的建设，是故乡那种处在紧张得要爆炸的张力中，呈现出平和与永恒的风景产生的根源。就为了这种瞬间的体验，我们日复一日地操练自己的肉体，使其配得上那种伟大的风景。我们的心目中的伟大汉语文学，就是，也只能是在这种高度上的追求。为了那些奇迹般的瞬间，我们自觉地压榨自己的生命，拼全力将自身的肉体转化为近似于"无"的事物，以获得轻灵飞翔的动力。如果一位读者，他要到我们的作品中来寻找世俗的刺激，那是注定要碰壁的；而假如他要寻找眼前的功利性的东西，那也是注定要一无所获的。只有当一位读者，他要叩问灵魂，要向心的深渊探索，要发展出自己的自由意志时，他才成为我们的读者，我们将同他一道进入人类精神的共同居所——是故乡，也是天堂的地方。

文学当然救不了国也救不了民族，但至少，我们在自己的作品中向世人昭示了一条灵魂救赎之道。我们用我们的微薄的力量做这件事，并决心做下去了。"新实验"文学其实是一种生活方式，我们在日常生活之外的隐秘处所实践着这种生活，我们在救自己的同时也希望感染和影响别人，让更多的人来实践这种生活。我们这种执著于生命和艺术的文学能够存活到今天，本身就是一个了不起的奇迹，在心的黑暗王国里还有不少同我们一样在寻找、摸索的同类，他们绝不安于生活在对于自我的陈腐不堪的解释之中，他们对于生命的好奇心驱使着他们向我们靠拢。在创作的早期，我们抱着这样的信念——即使只有几个读者，也要坚持下去。现在看起来，我们的读者远不止几个，而是几万个，甚至更多，并且有日益增长的趋势。这种信息，是我们探索途中最好的安慰。

图书在版编目（CIP）数据

残雪散文精选 / 残雪著. -- 武汉 ：长江文艺出版
社, 2025. 1. -- ISBN 978-7-5702-2667-2

Ⅰ. I267

中国国家版本馆 CIP 数据核字第 2024FP7229 号

残雪散文精选

CANXUE SANWEN JINGXUAN

责任编辑：周　聪　　　　　　　　责任校对：程华清
封面设计：龙　梅　　　　　　　　责任印制：邱　莉　　王光兴

出版： 长江出版传媒 ｜ 长江文艺出版社
地址：武汉市雄楚大街 268 号　　　邮编：430070
发行：长江文艺出版社
http://www.cjlap.com
印刷：湖北新华印务有限公司

开本：880 毫米×1230 毫米　　　1/32　　印张：7.375
版次：2025 年 1 月第 1 版　　　　2025 年 1 月第 1 次印刷
字数：137 千字

定价：49.00 元